PIT II: SOMBRA DE LA SOMBRA

BIBLIOTECA POLICÍACA

Paco Ignacio Taibo II

Sombra de la sombra

Colección: BIBLIOTECA POLICIACA

Dirección editorial: Homero Gayosso A. y Jaime Aljure B.

Diseño de cubierta: Armando G. Jurado
Ilustración de portada: original de Diego Rivera

DERECHOS RESERVADOS

© 1986, Paco Ignacio Taibo II
© 1986, Editorial Planeta Mexicana, S.A. de C.V.
      Grupo Editorial Planeta de México
      Avenida Insurgentes Sur núm. 1162
      Col. Del Valle
      Deleg. Benito Juárez, 03100
      México, D.F.

ISBN: 968-406-009-2

Novena reimpresión: noviembre de 1992

Impreso en México — Printed in Mexico

NOTA

El autor reconoce que este libro no podía haber sido escrito sin la voluntaria e involuntaria participación de:

*   *Walter B. Gibson, animador de la única y verdadera Sombra, que aportó sugerencias al estilo.*

*   *El anónimo creador de la primera página de la Segunda Sección de* El Demócrata *(1921 a 1925), artífice de la mejor, más prosaica, más rancia y noble, sanguinolenta y vibrante nota roja que México jamás haya conocido.*

*   *Los compañeros de la Coordinación B del CEHSMO (alias "El huevo") que recopilaron para mí cuanta espectacular historia criminal encontraron al revisar la prensa de los años 20.*

*   *El periodista Gabriel Antonio Menéndez, autor de la biografía del general Peláez.*

*   *Fulgencio Martínez, presidente del comité antichino de San Pedro de las Colonia, Coahuila. Perpetrador de los bodrios propagandísticos de carácter racista más aberrantes (entre 1924 y 1925) en un país en el que cuesta trabajo destacar en la calumnia.*

*   *Los compañeros de la Hemeroteca Nacional de la UNAM.*

*   *Multitud de anónimos cronistas y redactores de* El Universal, El Heraldo de México, El Demócrata, Nuestra Palabra *y la* Revista Acción.

*   *Taibo I, que apretó la tuerca justa aunque con un año de efecto retardado.*

*   *Silverio Cañada, quien reanimó mi fe en la novela policiaca haciéndome leer dos docenas al mes durante muchos meses.*

Den todos ellos por prendidas sus respectivas veladoras.

PIT II

*Para mis compadres Rolo y Myriam y para
Rogelio Vizcaíno, quien asistió como licenciado
al renacimiento de esta novela.
Para el club de Tobi.*

¡Cosa curiosa la sombra de un hombre!

MAXWELL GRANT (WALTER B. GIBSON)

Hay una cierta grandeza en toda esta locura despistada.

JESÚS IBÁÑEZ

1

LOS PERSONAJES JUEGAN DOMINÓ

—Ponga usted la mula de doses, mi estimado poeta: a un hombre de una magnitud espiritual como la suya no le va hacerse pendejo —dice Pioquinto Manterola sonriendo.

El poeta se sume en la silla, luego se quita el sombrero y comienza a rascarse la coronilla con dos dedos, como punteando en el cráneo al ritmo de una canción que sólo él escucha. Con la otra mano voltea la mula de doses y la empuja suavecito por encima del mármol.

—Se la dejaron ir, compañero —comenta el licenciado Verdugo desde el otro lado de la mesa, y como para dejar absolutamente claro que con este juego ya no se puede hacer nada, se bebe de un sentón el tequila que le queda en el vaso, suspira, y tras un inaudible "con permiso", se apura también los restos de la copa del chino.

El chino juega el dos/tres y deja a Manterola con la firme.

Tan firme y sólo a dos vueltas que éste saca un paliacate medio astroso de la bolsa del saco y se suena ruidosamente, rompiendo la concentración de los demás.

Pioquinto Manterola, el periodista, no llega a los cuarenta años, aunque ronda cerca de ellos y a veces simula que los rebasa. Los lentes de arito sobre la nariz ganchuda y violenta, la calva prematura rodeada de una pelambre que se riza oculta para sobresalir bajo una gorra inglesa, y una cicatriz seca y fina, con los bordes levemente rojizos, que sobresale de la parte inferior de la oreja izquierda para perderse en el cuello, le proporcionan un rostro que invita y provoca la segunda mirada en los observadores, dando a su dueño un aire vivaz y equívocamente respetable.

—Paso —dice el licenciado Verdugo.

—Para siempre, mi estimado —dice Pioquinto y juega el dos/cinco por el otro lado.

Las luces se han ido apagando en el bar del hotel Majestic, cantina lustrosa pero eficiente en el alcohol y el servicio, arrojada por la vida a la calle Madero, número 16, en el centro de la ciudad de México. Los últimos ruidos de las bolas de billar machetean suavemente el aire. Pronto quedará tan sólo el foco solitario cubierto con una pantalla de metal negro, que colgando del techo dejará caer un círculo de luz cada vez más nítido y perfilado sobre la mesa de los cuatro jugadores.

El poeta juega el cinco/uno, el chino Tomás Wong pasa, el licenciado Verdugo escupe la mula de unos suspirando, y Manterola sale con el tres/cuatro.

—A contar, mediócres —dice el periodista Pioquinto Manterola.

Tomás, el chino, se pone de pie y camina hasta la barra del bar. Fija la mirada en una botella de habanero que solitaria le sonríe desde la estantería y espera. El cantinero sigue su mirada, descubre la botella y tomándola del cuello le sirve un trago largo. Es un viejo juego. A Tomás le salía bien nueve de cada diez veces, a condición de que lo hiciera con cantineros profesionales.

—Anote 26, mi estimado rompeteclas —dice el poeta.

Mientras las fichas danzan sobre el mármol, el cantinero, más prosaico, frota la barra con un trapo sucio amarillento, y sale de atrás para cubrir con un lienzo las mesas de billar al fondo del bar, que han quedado vacías de jugadores. Un reloj de cucú, un poco ridículo con su casita suiza de la que sale un pájaro ya sin pico, canta las dos.

Las dos de la madrugada de un día de abril de 1922, por ejemplo.

El chino Tomás, mientras regresa a la silla, tararea:

Tampico helmoso
puelto tlopical
tú eles la glolia de todo nuestlo país
y pol doquiela yo de ti me he de acoldal

Y repite: *Me he de acoldal*. Hace mucho tiempo que canta esa canción, la tarareaba suavecito, tan suavecito que sólo una puta alemana (una falda rosa de gasa meciéndose al viento, el mar como telón) con la que vivió algunos meses en Tuxpan, allá por 1919, se la había escuchado.

El poeta ha terminado de hacer la sopa y levanta las manos de la mesa como un buen cocinero ante el guiso maestro. Fermín Valencia tiene un poco más de treinta años, mide uno cincuenta y cinco y nació en el puerto de Gijón, España; aunque muy desvanecida en la memoria está aquella costa del Cantábrico, porque a los seis años llegó a México de la mano de un padre viudo que vino a instalarse como impresor en Chihuahua. Necesita lentes para ver de lejos, pero no los usa casi nunca; en cambio porta un bigote más que regular, que, junto con las botas altas y el pañuelo rojo al cuello, son recuerdos de su paso por la División del Norte de Pancho Villa allá por los años 1913 a 1916. Resulta difícil saber a qué atenerse ante un rostro a veces aniñado, a veces rígido por la rabia que le corre por dentro; cuesta trabajo distinguir la broma de la hiel, y mucho más al adolescente cariñoso del hombre torcido y afilado. Algo se ha quebrado por ahí, dentro del poeta. Lo único permanente es la sonrisa, aunque signifique según los vaivenes de la vida y los humores del cuerpo, cosas muy diferentes.

Pioquinto Manterola estira los pies bajo la mesa, acomoda su cabeza sobre sus manos llevadas a la nuca y dice:

—Están muy mediocres hoy, licenciado.

—Nada es eterno mi buen rompeteclas —dice el licenciado Verdugo.

El chino toma su lugar en la mesa y comienza a recoger sus fichas, acomodándolas cariñosamente en fila, cambiándolas varias veces de lugar.

Dos mujeres entran por la puerta de la cantina, visten con desenfado y gracia, pero hay algo fraudulento en sus gestos, algo que delata la imitación buscada, la elegancia profesional.

—Lo buscan, licenciado —apunta el cantinero.

El licenciado Verdugo se levanta ágilmente de la silla, coloca con gesto seguro el sombrero de ala ancha sobre el pelo rebelde, sonríe a sus compañeros de juego.

—Caballeros, el trabajo me reclama, voy a abrir la oficina unos instantes.

Sus tres compañeros lo ven alejarse unos pasos, saludar a las dos mujeres y ofrecerles con gesto galante asiento en una mesa cercana. Mágicamente, sobre la mesa, se enciende una luz. Los cantineros profesionales como el Eustaquio tienen bien aprendidos los vicios y los oficios de sus más fieles clientes. Tres mesas más allá de los jugadores, dentro de un nuevo halo de luz que compite con el suyo, el licenciado Verdugo levanta el ala del sombrero con un golpe leve de su dedo índice, un garnuchazo apenas, y se dispone a escuchar. El cantinero, aprovechando el impás, se acerca a la mesa de los jugadores con dos vasos y la botella de habanero.

—Ínclito barman, no meta los dedos en los vasos, es falta de higiene —dice el poeta. El Eustaquio lo ignora olímpicamente y sirve el licor en los vasos sucios.

—¿En qué trabaja nuestro buen amigo ahora? —pregunta Manterola.

—Le oí decir ayer que se había encargado de redactar el memorial de las mujeres galantes al Gobernador del

Distrito. Hoy salió en su periódico, ¿no lo leyó?

—La verdad es que últimamente no me leo ni a mí mismo.

—Parece que quieren mudar la zona de tolerancia a la colonia La Bolsa, y que las damas y las propietarias de las casas de las calles Daniel Ruiz, del callejón de Pajaritos, de Cuauhtemotzin y Netzahualcóyotl quieren prórroga. El argumento supremo de las damas de la noche, por boca de nuestro amigo Verdugo, es que aquello es peligroso, porque no hay policía ni drenaje. Creo que quieren mudarse a su colonia.

—¿A Santa María?

—Así es.

—No estaría mal, mejores compañeras que mucho bergante que anda por el rumbo —dice el periodista Manterola.

El cnino contempla a sus dos compañeros, con aire ensoñado. Es evidente que no está allí, que ha aprovechado la pausa para ir a otro lugar, a un lugar que no comparte y que no cede a sus amigos. Al lugar de sus silencios frecuentes. El lugar de la mente donde se esconde este chino de 35 años, quien a pesar de haber nacido en Sinaloa habla con la ele, probablemente para afirmar y agredir con su condición a un país en que los chinos son perseguidos de una manera cruelmente absurda. Tomás Wong, ex obrero de una compañía petrolera, ex marino y ex telegrafista, hoy carpintero en una fábrica textil de San Ángel, es habitante de muchos mundos, entre otros el de sus silencios, y el de la lucha sindical más enconada que ha conocido el Valle de México desde hace muchos años.

El licenciado Verdugo se despide de sus damas que lo besan y lo papachan mientras parlotean. La luz sobre la mesa que han desocupado se apaga.

—¿Reanudamos el encuentro, señores? —dice el abogado nocturno.

2

TRABAJOS QUE DAN DE COMER

Necesita el ruido de la redacción para poder crear una isla de silencio en la que sólo entraban sus pensamientos, el tecleo rítmico ("musical", diría él) de la máquina de escribir, una Oliver bastante traqueteada, y el ruido de la campanilla que avisaba la cercanía del margen derecho. Necesitaba que por la redacción pasaran coristas cantando, que se discutiera a todo volumen de política municipal, que se contaran en voz alta los siniestros resultados de las competencias en el hipódromo de la Condesa habilitado como pista de carreras de automóvil, que se azotaran las puertas; que Rufino, el botones de los recados, se quejara con alaridos de un dolor de muelas y que incluso un amante despechado, puesto en ridículo por alguno de sus colegas, disparara al aire una pistola y amenazara con suicidarse.

Para Pioquinto Manterola ésa era la música celestial. Sólo podía encerrarse en sí mismo, en el placer de la crónica, en medio del alarido periodístico. Hacía algunos años se había ido a Tlaxcala a escribir una novela y no había logrado pasar de la primera página, derrotado por el silencio del campo.

Así la cosa, no era de extrañar que aquella tarde Manterola, fumando Argentinos ovalados, uno tras otro, de una cajetilla arrugada, sacara de la máquina cuartilla tras cuartilla como si se hubiera mutado en una fábrica de hacer chorizos.

Narraba la patética historia de la captura de Mario

14

Lombarc y su banda (multinacional, con jefe francés, un cubano y un colombiano en sus filas) que habían practicado durante dos meses el robo con la peculiar técnica del boquete, saqueando cuartos en los hoteles Coliseo y Ambos Mundos y en la joyería París.

Lombarc, experto mecánico, dejaba a sus ayudantes, según confesó, las sucias tareas de la albañilería, mientras él se limitaba a poner su oficio y su pericia en la apertura de las cajas fuertes y el descerrajamiento de cajones y baúles.

Pero lo que más emocionaba a Manterola, mientras tejía la crónica, producto de su entrevista con Lombarc, hacía media hora escasa (fresquecita como quien dice), era la declaración final del ladrón:

"Yo he trabajado con éxito en Nueva York, de donde tuve que salir porque era muy conocido por la policía. Pero en verdad, aquí no es posible *trabajar* a gusto y ahora que me expulsen, mi recomendación a mis amigos será: ¡No vayáis a México!"

Le encantaba la ambigüedad de la redacción que le había dado. Eso de que los amigos de Lombarc no deberían ir a México, ¿porque la policía era muy hábil?, ¿porque no había nada en las cajas fuertes?, ¿porque el clima era malsano?, ¿porque había mucho tráfico en la ciudad?, lo había conquistado.

Después de llenar cinco cuartillas a doble espacio, corrigió a toda prisa el original, metió la última página nuevamente en la máquina para hacer un mesurado elogio del trabajo de la brigada reservada y del jefe de agentes, Valente Quintana, y al fin tituló con letra de molde manuscrita:

LOMBARC DICE A SUS AMIGOS: NO VENGÁIS A
MÉXICO.

Apagó el cigarrillo en el suelo pisoteándolo con fuerza y bajó corriendo a los talleres.

—Un hueco en la primera página de la segunda sección. . . Tres columnas al menos.

El jefe de redacción, que estaba montando con los plomos, asintió tras ojear el original.

3

EL ASESINATO DE UN TROMBONISTA

El poeta Fermín Valencia se peinaba el bigote ante un trozo de espejo sostenido con clavos cabezones contra la pared azulosa. Primero lo peinaba para abajo hasta que los pelos cubrían totalmente ambos labios, luego con un par de golpes de púa, lanzaba airoso el bigote para izquierda y derecha.

Contempló su obra, pero el garboso bigote no pudo hacerlo elevarse de su negra depresión. Arrojó el peine sobre el lecho, ya cubierto de por sí de libros, ropa sucia, botas, un Colt 45 con canana, un montón de botellas vacías de whiskey mexicano (Old Taylor, Old Continental, Clear Brook, manufacturados a pesar de los pomposos nombres por la Compañía Destiladora Nacional de Piedras Negras, Coahuila). Contempló la cama con lástima. Había dormido en un sillón frente a la ventana, con tal de no verse obligado a ordenarla a las cinco de la mañana, cuando había llegado tras una dilatada partida de dominó y un largo paseo nocturno.

Cerró los ojos para escaparse de tanta desolación y con los brazos extendidos, jugando al ciego como en los días de la infancia, avanzó tanteando hasta encontrar la puerta, la abrió y salió.

Al pasar frente al bajo B, pensó que hacía días que no venía el casero a fastidiar. No era que tuviera dinero para pagar la renta, que era cubierta con un riguroso mes y medio de atraso, como para demostrar que podía haber algo de orden en tanto caos, sino que las llegadas del enfurecido don Florencio le ofrecían, sujeto para las pullas, material para la burla sangrienta.

—¿Don Florencio? —preguntó suavemente tras golpear la puerta con los nudillos.

Nadie contestó y el poeta siguió camino.

En el parque, la banda de música del regimiento de artillería tocaba ("para la honorable sociedad de Tacubaya", como rezaba el programa): *Ecos sonorenses*, luego seguiría la *Marcha Álvaro Obregón* de A. Castañeda y remataría con una selección de *Aída*.

El poeta, ducho en el arte de las diversiones gratuitas, entre las que se incluía, desde luego, los conciertos de banda militar al aire libre, prefería a la Banda Típica del Estado Mayor Presidencial, luego a la de policía del DF, que en la época de Ramírez Garrido había aprendido a tocar la *Internacional* con tanto vigor que la usaba como tema base en los ensayos y las afinadas, y por último, la del Colegio Militar. Domingueó entre los grupos de obreros de la fábrica de municiones, los empleadillos bancarios, las señoritas desheredadas pero con sombrilla, y llegó hasta el grupo de don Alberto el carnicero, que había sacado al parque cuatro sillas para oír el concierto.

—Siéntese, don Fermín —dijo el carnicero.

—Voy de paso, tratando de despejarme y espantar la muina —contestó el poeta sonriendo con el rabillo del ojo a la Odilia, hija del carnicero y recientemente agraciada por el voto de sus compañeros como "Señorita Obrera Simpatía" en la Fábrica de Cartuchos número 3.

Con las botas de alto tacón llevaba el ritmo de la marcha y enlazando las manos a la espalda, sorteaba paseantes, dirigía de vez en cuando miradas escurridizas a los sudorosos militares, a la Odilia a lo lejos (dos moños amarillos enormes sobre las trenzas) y a los niños que trataban de volar un avioncito sin lograr más que hacerlo tirar sombreros y rebotar en la panza de amables pequeñoburgueses.

"El sol, ese regalo de todos los días/ a los que pagaríamos con gusto/ por verlo/ si no tuviéramos el sombrero vacío" construyó el poeta y trató de grabar alguna de las palabras, alguna frase para usarla después. Si para los demás escribir era poner vida en el papel para el poeta la vida estaba llena de papeles invisibles en los que escribía y por los que sufría al perseguirlos luego ante el papel real y en los amaneceres.

Recaló en un puestito de aguas frescas cercano al kiosco en donde tocaba la banda.

—Jefe, ¿de qué se lo toma? —dijo el puestero.

—De chía, Simón.

El hombre, con una barbita de chivo que le daba apodo, sirvió el vaso y anotó en un papel arrugado una nueva raya. Había pactado con el poeta un pago de 25 aguas frescas a cambio del verso que lucía el puesto, pintado en letras garigoleadas de varios colores:

> *Para aguas las de Simón,*
> *no hay más frescas en el rumbo*
> *el que diga que no gustun*
> *de un madrazo me lo tumbo*

El poeta sorbió un traguito y miró a la banda que apuraba los últimos aires de la *Marcha Álvaro Obregón*. Un movimiento no habitual captó su atención: por las escalinatas de la parte de atrás del kiosco, un hombre, al que el poeta no le pudo ver la cara, se acercó al trombonista, sacó del bolsillo del chaleco una pequeña pistola y sin que mediara más acción, se la puso en la sien al músico y disparó.

El asesino miró hacia el público y sus ojos chocaron con los ojos miopes del poeta que no lograba perfilar los rasgos. Fermín Valencia se frotó el rostro mientras la banda seguía tocando ignorante de lo que había pasado en la última fila. El asesino saltó la baranda del kiosco por el lado izquierdo y empezó a correr entre los grupos. El poeta se llevó la mano a la cintura sólo para confirmar que no traía pistola, y se quedó quieto mientras el hombre cruzaba la calle y desaparecía en los callejones del barrio de Tacubaya. La música había cesado y los gritos del público aumentado. Mientras los compañeros del trombonista asesinado se arremolinaban en torno a él, el poeta trató de precisar lo que había visto. Un hombre se había subido al kiosco, se había acercado por detrás al del trombón y lo había asesinado. El hombre traía chaleco. ¿La cara? No había cara, sólo una gorra de plato, como las que usan los choferes de auto elegante. Y además, tiró con la izquierda. Un zurdo. Vaya, algo tenía que contarle a Pioquinto Manterola. Maldita sea, si su vista fuera mejor. . .

Se acercó a las escalerillas del kiosco y subió repartiendo codazos. A pesar de su pequeño tamaño, el poeta imponía respeto, quizá por los bigotes espléndidos, o por la mirada de desesperanza que a veces le brillaba en los ojos.

Contempló atentamente cómo la sangre bajaba del pequeño agujero ennegrecido de la sien, manchando el suelo del kiosco; clavó sus ojos en los ojos brutalmente abiertos del difunto: "La mirada de la muerte", cuántas veces la había visto de frente. No sabía si la mirada dejaba testimonio del último dolor brutal, del desgarro del cuerpo que abandona para siempre, o era el primer vislumbre del más allá. Por las dudas, el poeta se había vuelto ateo, algo le decía que la "mirada de la muerte" podía obedecer a la primera visión de Dios, y si así era, no quería tener nada que ver con ese personaje.

—¡Ábranse, runfla! —dijo a dos trompetistas que se deshacían de congoja—. ¿Cómo se llamaba el difunto?

—Sargento José Zevada —respondió el capitán y director de la banda que estrujaba fieramente la batuta.

El poeta se agachó sobre el muerto y le clausuró los párpados para que los ojos no lo siguieran mirando. Metió las manos en los bolsillos y sacó, enumerando en voz alta:

—Un pañuelo con mocos, un retrato de señorita de buen ver, un huevo para zurcir calcetines, un peso con cincuenta centavos en monedas. . .

4

LOS PERSONAJES JUEGAN DOMINÓ Y SE DEFINEN COMO MEXICANOS DE TERCERA

—. . . un tenedor de plata, un montoncito de recortes de periódico atados con una banda elástica, un anillo de zafiro, dos anillos de diamante engarzados en plata de ley, dos anillos con grandes turquesas. . .

—Parecía una joyería el trombonista ése —dice el licenciado Verdugo, y juega el dos/tres. Está tratando de empujar al chino a escupir el antepenúltimo seis para que así el periodista Manterola pueda crucificarle la mula de seises al poeta.

—El chino evade la trampa y juega por los unos.

—¿Y los recortes de qué eran mi estimado ayudante involuntario? —dice Pioquinto Manterola secándose con un pañuelo la frente sudada y dejando de tomar notas. El poeta, haciendo un gesto de elegante ilusionista, lleva dos dedos al bolsillo del chaleco y saca los mencionados recortes dejándolos caer teatralmente sobre la mesa.

—Helos aquí.

—Carajo, qué ayudante tan fino —dice el licenciado Verdugo.

El periodista juega el tres/cinco y el licenciado aumenta su enojo: el crucificado va a ser él: en esta vuelta le ahorcarán la de cincos.

—Concéntrese, hombre —le dice a Manterola—. No se puede trabajar a la hora de la verdad.

—Perdone, mi estimado —dice Manterola mientras el poeta ahorca la de cincos con una amplia sonrisa.

El periodista toma el paquetito de recortes, el licenciado Verdugo pasa, el chino juega el dos/cuatro, y él ataca repitiendo el tres.

—¿Los leyó? —pregunta.

—Desde luego, no ha nacido impaciente más fiero sobre la tierra que yo.

—¿Se han dado cuenta de que otra vez hay que andar armado en esta ciudad? —dice el periodista—. Ya estábamos perdiendo la costumbre.

—Esa costumbre no la pierdo —dice el licenciado mostrando una automática 38—. Comprada por $32 en La Universal. Todos los años la llevo para que la limpien bien, yo mismo la desarmo y la engraso una vez al mes.

—¿Usted qué trae? —le pregunta el periodista al chino, despreocupado por el juego porque ha amarrado la firme. El chino, sin aparentar haber oído, se saca de la bota una fina navaja de Albacete, y con un chasquido, el resorte escupe una brillante hoja de acero de 15 centímetros.

—Con una de ésas mi general Villa se limpiaba las uñas —dice el poeta.

—Debelía tlael bastante tiela —dice el chino sin inmutarse y concentrado en el juego.

—Se acabó —dice el periodista y deja caer la ficha con fuerza.

El eco recorre la cantina casi vacía y coincide con las risas forzadas de los tres oficiales que beben en la barra.

—Usted no debería hablar con la ele, usted es de Sinaloa —dice el poeta levantándose de la mesa.

El licenciado Verdugo hace cuentas y anota con unos numeritos prolijos en la libreta de notas que siempre usa.

Manterola contempla a los militares. Son tres jóvenes, dos capitanes y un teniente, observa, de la última hornada de la Revolución. A lo más, de las últimas campañas contra el zapatismo, y el paseo triunfante de Agua Prieta, donde deben haber ganado los galones. Están bastante bebidos, y sus gestos son teatralmente bruscos. No le gustan. No le gustan los militares, los uniformes. Comparte esa fobia con sus compañeros de mesa, aunque quizá por diferentes motivos.

—¿Y cómo le dejaron acercarse? —le pregunta al poeta.

—Tengo la sensación de que a pesar de mi tamaño —dice el poeta subiéndose al respaldo de la silla y sentándose en él— adivinan en mí algo de mi fuerza interior. Además, privaba el desconcierto, amigo.

El chino se pone en pie mientras Verdugo revuelve las fichas, camina hacia la barra y se acoda en ella.

El cantinero adivina, le sigue la mirada para confirmar y toma la botella de habanero.

—¿Le sirven a orientales en esta cantina, señor? —pregunta un militar.

—Dicen que son lo más mugroso que hay sobre la tierra, que viven en las tiendas de paisanos suyos y que comparten con las ratas los desperdicios. . . cuentan que duermen arriba del mostrador —dice el teniente y se atusa el bigotillo. Los oficiales han estado bebiendo aguardiente de segunda cobrado como de primera, en la sala de fiestas del piso de arriba. No conocen las tradiciones. El Majestic es un hotel de dos mundos, el de abajo y el de arriba no se juntan, no se quieren. Arriba puede cantar María Conesa y cenar un ministro; abajo, en las horas de mayor ajetreo del billar, pueden estar reunidos media docena de los maleantes hispanos con más deudas de sangre que tiene la Ciudad de México; una ciudad que por cierto debe bastante más sangre de la que podría pagar con una larga vida.

El chino los mira uno por uno. Su desprecio puede ser malinterpretado por los oficiales borrachos como miedo. Se equivocan.

—¿No tienen medallitas los señoles? —pregunta.

24

—El ejército mexicano no pasea sus condecoraciones —dice uno de los capitanes. En la mesa, el poeta y el periodista han cambiado una mirada. Verdugo se ha puesto de pie y camina hacia el baño situado en la entrada de la cantina. Sin que se note se ha abierto dos botones del chaleco para poder tirar de pistola a gusto, y con el mismo movimiento ha quitado el seguro de la automática.

—¿Pelo tienen medallita en casa? —pregunta el chino mirándolos fijamente.

—Aquí mis compañeros tienen dos condecoraciones al valor y una por heridas, imbécil —dice el teniente que se siente un tanto absurdo, atrapado por la incoherente pregunta del chino.

—¡Tomás! —grita el periodista desde la mesa—. Sin sangre, por favor.

Ha substituido al licenciado en la tarea de revolver las fichas y da la espalda a la barra. El poeta con los ojos fijos en los oficiales sigue midiendo la situación.

—Señores, ¿podrían pagar la consumición? —dice el cantinero que la ve venir en grande.

—Lo decía polque si tienen medallitas puedo sugeliles que se las vayan a colgal del tlaselo a sus chingadas madles —dice el chino.

Y claro, acto seguido se ve obligado a detener el puñetazo que le lanza el teniente con un golpe de tajo en el antebrazo. El licenciado, cerca de la puerta, saca la automática y grita con voz de barítono:

—¡A mano limpia! El que saque una pistola lo dejo frío.

Los capitanes lo contemplan mientras el chino con el mismo impulso le cruza la cara al teniente de un tremendo puñetazo. Dos dientes sanguinolentos caen de la boca del oficial cuando se derrumba. Uno de los capitanes se ha quedado quieto midiendo a Verdugo. El otro se acerca tratando de auxiliar a su compañero que se desploma contra la barra escupiendo sangre y babas. El chino no lo deja llegar y le clava la cabeza en el estómago. El poeta se ha puesto de pie. Camina despacio hasta el hombre caído y le pisa la mano con la que trataba de alcanzar la pistola que trae al cinto.

El capitán, golpeado en el estómago, se revuelca en el suelo y comienza a vomitar. El chino se acerca al tercer hombre que ha tomado de la barra la botella de habanero y la blande, mientras retrocede hacia la puerta. Por atrás de él, el licenciado se acerca y le descarga un golpe muy fuerte con el cañón de la pistola en la sien. El tipo se derrumba.

—Perdona, Tomás, pero lo ibas a lastimar —le dice al chino.

El cantinero sale de atrás de la barra y se acerca al caído para evitar que un buen habanero siga derramándose en el piso.

El chino se acerca a la barra sobándose la mano con la que ha golpeado dos veces al primer hombre.

—Se perdió una buena fiesta —le dice el poeta al periodista que continúa revolviendo las fichas.

—No crea, volteé cuando empezaron los golpes. Me quedé quieto un poco por pose. Conozco a Tomás desde hace tres años y lo he visto hacer esto tres o cuatro veces, con los mismos resultados. Ese hombre está hecho de hierro por dentro. Y además sabe pelear con las manos de una forma tan particular que siempre me maravilla.

—Puede ser, pero cuando hay pistolas de por medio no siempre ganan los mejores —dice el licenciado Verdugo que llega a la mesa.

—No, si lo suyo estuvo muy bien —asiente el poeta.

El chino se soba la mano mientras el cantinero le sirve una copa del rescatado habanero.

—¿Puede ponel agua en una palangana y tlaélmela? —pide el chino.

—Lo que no soporto —dice el poeta— son estos muchachitos que se crecen dentro del uniforme. Han de pensar que los que vamos de civil somos mexicanos de segunda.

—¿No se ha dado usted cuenta de que eso somos? Mexicanos de segunda. No le pida más a este país de lo que puede dar —dice el licenciado y enciende un puro fino y corto.

Dos de los militares están desmayados en el suelo, el tercero vomita sentado bajo la barra. El chino ha tomado la palangana y mete en el agua la mano que comienza a hinchársele. El cantinero sale de atrás y comienza a quitarles los revólveres a los desmayados y al hombre que vomita.

—¿Seguimos? —pregunta el chino llegando a la mesa con su palangana.

El poeta se seca las manos sudadas con el paliacate que lleva al cuello; no puede evitar ese sudor frío que brota inocente ante la violencia cercana.

—¿Somos mexicanos de segunda, o qué? De tercera, diría yo, porque los de segunda se dedican a limpiarle las botas a los de primera. ¿Quiénes perdieron la Revolución según usted? ¿Los porfirianos? Ésos ya están casando sus hijas con los coroneles de Obregón. La perdieron los parias. Los campesinos que la hicieron. La perdimos nosotros sin hacerla —dice el periodista.

—Sin hacerla lo dirá usted, yo bien que cabalgué con Villa para ganarme mi honra —dice el poeta.

El periodista se abre lentamente el chaleco y luego la camisa. Una cicatriz blancuzca le cruza el pecho, la toca como si fuera algo ajeno.

—¿Valen también las que ganó uno como mirón?

—Valen —dice el poeta.

El chino mete la mano en la palangana y extiende los dedos lentamente.

—¿Se fracturó? —pregunta el licenciado Verdugo.

El chino alza los hombros.

27

—Mexicanos de tercera —insiste el periodista.

—No se angustie —dice el licenciado Verdugo retirando sus siete fichas relucientes de entre el montón—. Hay todavía mexicanos de cuarta. ¿Leyó usted que quince mil católicos se congregaron el otro día para rendirle homenaje a Agustín de Iturbide en el centenario del Imperio?

—No, si no me angustio. Esto es lo nuestro. Como nos fuéramos de México los de tercera, se iban a quedar sin comer los demás.

—Si juzga usted por mi trabajo, no es muy exacta su apreciación —dice el poeta.

—A lo mejor lo que pasa es que tengo ganas de platicar. Y a diferencia de Tomás, aquí, no me las puedo quitar golpeando militarcitos.

Mientras a ellos se alude, ayudados por el cantinero, los tres militares se han izado penosamente y tratan de llegar a la salida. Uno de ellos se voltea para lanzar una última amenaza, pero desiste empujado fraternalmente por el cantinero. La puerta de vaivén queda oscilando acompañada de un chirrido.

El chino extiende uno a uno los largos dedos de la mano que a pesar del agua fría se ha hinchado monstruosamente.

—Ya ve lo que le pasa por golpear militares, mi buen —dice el poeta—. Total no era pa tanto, nomás le dijeron que dormía usted en mostrador. Aquí, según mi amigo el ilustre periodista Pioquinto Manterola, somos mexicanos de tercera, qué importa si dormimos en mostrador. . . yo duermo en sillón, y el señor no duerme —dice señalando al licenciado—, es vampiro.

—¿Sale o salgo? —le pregunta el licenciado Verdugo al periodista.

El reloj de cucú canta las tres de la mañana.

5

BONITAS HISTORIAS QUE VIENEN DEL PASADO: ALBERTO VERDUGO

El nombre completo era Alberto Verdugo y Sáez de Miera, y no se puede llegar a los 35 sin perder parte (o la totalidad) de un nombre tan largo. Por eso no hay preocupación mayor en que me llamen: *el licenciado Verdugo*. Tiene gracia recobrar el nombre rancio convertido en apodo: *El Verdugo*, el rematador final de los sueños, el ejecutor, el asesino legal. Tampoco importa demasiado que el carácter haya amargado las ilusiones, si alguna vez las hubo; si puede llamarse ilusión a un conglomerado de vagas aspiraciones que se elevan, descienden y se convierten en pretextos y no guías para vivir. Lo único coherente es la voluntad de ir más allá. Verdugo de mis sueños. Pero sobre todo, verdugo de los proyectos que se hicieron por mí y para mí, verdugo de las voluntades paternas que me hacían administrador de haciendas, dueño de voluntades campesinas, propietario fabril con viaje a Europa anual en barco de la Ward Line. Contra eso fue la rebeldía y la apuesta. Como automóvil desbocado en el paseo de la Reforma corro contra lo que quisieron que fuera, y sigo corriendo aunque la meta no existe y la ausencia de triunfo es evidente. Ya no quedan el padre y la madre que inventaron aquella camisa de fuerza, ya ni siquiera queda la hilacha de lo que la camisa de fuerza fue. Convertí el título de abogado en modus vivendi para un licenciado de putas, nada mejor/ peor pude haber hecho con el papel sagrado cuya función original era ser colgado en las oficinas centrales del cementerio porfiriano en que mi familia vivió y murió. Queda la burla de los tres años pasados en Italia estudiando. No, algo mejor. Queda una traducción de Malatesta al español, prueba de aquellos años. Traducción que, firmada y dedicada, hizo que le saliera espuma rabiosa al tío Ernesto cuando se la puse sobre el escritorio, espuma verdosa cuando le recité con voz melosa (la voz sí se quedó, no hay fuga sin testimonio) aquello de: "El enemigo no será el que haya nacido al otro lado de las fronteras, ni el que hable un idioma diferente del nuestro sino el que no tenga razón, el que quiera violar la libertad y la independencia de los otros". En fin, ahora que la casa familiar es sólo ruina, y uno puede pisotear los escombros, que algún cañonazo perdido esparció durante la Decena Trágica, puedo llevar al hogar el sombrero de ala ancha, símbolo del hombre de la noche. Sombrero conocido en cabarets, cantinas y burdeles de todo el Distrito Federal, sombrero gris perla robado del perchero de la entrada al hermano de un ministro de Don Porfirio, que lo usaba para los días domingos, por informal y resistente. Puedo quitarme el sombrero, sacudir el aire con su filo, saludar las ruinas del hogar y decir: "Aquí donde me ves, he triunfado, nada de lo que quisieron que fuera soy; nada de lo que pretendieron que tuviera tengo, nada ha quedado. Nada he dejado."

6

UN CUERPO CAE

Pioquinto Manterola había terminado de escribir acerca de los sangrientos sucesos del Ford placas 4087, en cuyos asientos delanteros habían perdido la vida el agente Filiberto Sánchez y su compañero Jesús González, los mismos que apenas un mes antes se habían apuntado un tanto fenomenal al haber colaborado en la captura del "Gorra Prieta", y que hoy no eran más que restos sangrientos en un coche oficial, donde los había dejado el árabe Tufiabla, al que vigilaban sigilosamente, y quien no tan sigilosamente les había vaciado el cargador del revólver antes de que lo detuvieran.

En fin, que el periodista había cubierto su rutinario trabajo, cuando se puso a hojear nuevamente los recortes que su amigo el poeta le había dado el día anterior. Soplaba un vientecito molestón desde las vertientes del Ajusco, y Manterola se levantó de su oficina en el segundo piso del edificio de *El Demócrata*, Segunda de Humboldt número 15, para cerrar la ventana. Un cigarrillo le colgaba de una esquina de la boca, y se sentía particularmente gastado, viejo, un poco aburrido quizá.

Llegó hasta la ventana y vio un Exeter nuevo que se detenía ante las puertas del edificio. El airecito que al principio parecía molestar, lo refrescó. Volvió a la mesa y contempló la desolación del despacho. Gómez, a lo lejos, relataba los milagros realizados en el último juego por la Novena Soviet, el equipo de béisbol de los cronistas deportivos; dos mesas más allá, Gonzaga estaba dormitando sobre sus dibujos. Inclinó la cabeza sobre los recortes. No había mucha variedad. Todas eran pequeñas notas de una columna, que describían a lo largo de diez años la discutible carrera del coronel Froilán Zevada (¿hermano del trombonista muerto?), sus méritos en la lucha contra los maderistas, su oportuno chaquetazo tras los acuerdos de Ciudad Juárez, sus éxitos manchados de sangre en la represión a los zapatistas del Plan de Ayala, su dudosa intervención durante la Decena Trágica, su paso a los carrancistas (tardío), sus trabajos de gendarme al servicio de las compañías petroleras en Mata Redonda, su vinculación a Pablo González; su grado de coronel en lucha contra los restos del villismo, su deserción (tardía) al mando de la guarnición de Tampico durante la rebelión de Agua Prieta. Y junto a todo esto, ocasionales menciones de su presencia en un baile de la Escuela Militar, noticias sueltas de su participación en un concurso de tiro, rumores sobre un duelo celebrado a media noche en La Alameda, informes sobre un curso de balística al que asistió en Alemania. . .

Nada nuevo, pensó el periodista mientras encendía un cigarrillo. Un carro de caballos lleno de carbón pasó bajo la ventana, los cascos sonaron en la calle. Cada vez había menos, pensó, y se asomó a ver cómo se alejaba.

Era una tarde como para ensoñarse, se dijo a sí mismo Pioquinto Manterola arrojando el humo hacia el exterior del edificio; para movilizar los sueños, no en la carrera de un coronelcito arribista, no en los coches de caballos que iban cediendo su lugar a los Packard y los Ford, raros engendros, que lo único que tenían fabricado en México eran las llantas y que circulaban por una ciudad que había sido hecha para cualquier cosa menos para ellos. Era una tarde para ensoñarse, para lanzar al vuelo las campanas y las palomas de los recuerdos. ¿Los más tristes recuerdos? Recuerdos que punzaran como el sol que comenzaba a ocultarse por el rumbo de Tacuba; o recuerdos llenos de algodón, como las nubes bajas que mordían un cielo tercamente azul. Tiró el cigarrillo a la calle, un poco porque se estaba hartando de sí mismo y otro poco porque disfrutaba el placer de ver bajar el pequeño cilindro blanco los dos pisos. La colilla dudó en el aire y fue descendiendo hasta caer sobre el techo de uno de los mencionados automóviles, del que en ese momento descendía una mujer. Las brasas saltaron del techo al sombrero, o eso creyó ver Manterola. La mujer levantó la vista hacia su agresor, que avergonzado le sonrió y se apresuró a cerrar la ventana.

Cuando hubo retrocedido un paso, como niño atrapado en la travesura, Manterola pensó que el rostro de la mujer que había contemplado fugazmente era un bello rostro.

Caminó hacia su escritorio y sacó la última cuartilla de la máquina. Silbando un vals, se acercó a la mesa donde dormitaba Gonzaga y lo zarandeó suavemente.

—Pintamonos, se requieren sus servicios.

—Oiga usted. . . —dijo Gonzaga, sin saber muy bien a quién le hablaba.

En la redacción se decía que fumaba opio en el Callejón de Dolores, que bebía mezcal hasta caer fulminado en una piquera por el rumbo de Tacubaya junto con unos amigos suyos ex zapatistas, y que no desdeñaba los puros de Veracruz, fumándolos uno tras otro hasta ponerse al borde de la intoxicación. Sea lo que fuere, dibujaba más rápido que nadie y con las dos manos, como Leonardo Da Vinci.

—Oiga usted, oiga usted, ¿tema?

—El árabe Tufiabla se acerca a la ventanilla delantera de un Ford placas 4087 y descarga revólver sobre dos policías bastante distraídos.

—¿El susodicho iba vestido de árabe?

—Supongo que a medias, como los de mercado.

—Oiga usted, oiga usted, árabe a medias —dijo Gonzaga mientras empezaba a dibujar lo que sería la magistral ilustración de la primera página de la sección dos de *El Demócrata*.

Pioquinto encendió un nuevo cigarrillo y se sintió atraído por la ventana. ¿Se habría esfumado el rostro de la mujer?

Gonzaga cantaba *Flor de Thé* mientras dibujaba, usando un lápiz muy fino con la mano derecha y un carboncillo con la izquierda con el que iba creando las sombras. Manterola aspiró hondo y volvió a sumirse en la contemplación del cielo azul. De repente un movimiento brusco lo obligó a mirar hacia la ventana del segundo piso del edificio de enfrente: un vidrio que se rompe, un hombre cae agitando los brazos. El aullido llega después, un instante antes de que el golpe seco contra el suelo finalice todo. Manterola clava la vista en el cristal roto, y durante un par de segundos contempla a través de la calle los ojos aterrados de una mujer a la que alguna vez le arrojó un cigarrillo sin intención maligna. Suele decirse que el tiempo se detiene; Manterola podría decir que el tiempo se alarga, se estira mientras sus ojos se clavan sucesivamente en los ojos de una mujer, quince metros más allá, sobre la calle, y el cuerpo del hombre que cayó. Luego, ella se desliza hacia atrás y desaparece.

El periodista se asomó a la ventana tratando de confirmar que entre pedazos de vidrio había visto un cuerpo a mitad de la calle. El cuerpo estaba allí y comenzaba a ser objeto de la curiosidad de los paseantes. Lento de reflejos por vez primera en muchos años, Manterola comenzó a desplazarse hacia las escaleras que comunicaban el segundo piso con la sala de composición y los linotipos.

—Oiga usted, oiga usted, ¿qué tanta bulla? —dijo Gonzaga mientras Manterola iniciaba una carrera que terminaría frente a un hombre muerto a mitad de la calle Humboldt.

34

7

TRABAJOS QUE DAN DE COMER

Todo el día había tenido problemas con la mano hinchada, y varias veces el capataz había venido a presionar y a burlarse. Sus dos compañeros, el Indalecio y Martín habían tratado de cubrirlo poniendo más de su parte y dejándole las tareas más suaves, pero resultaba difícil poder escabullirse del "todoojo" Maganda que repetía incesante su cantinela entre los telares:

—Yo soy todo ojo, yo todo lo veo, al gerente le pueden hacer chicanas; a mí no me engañarán jamás, hostia puta, yo soy todo ojo.

A Tomás Wong le gustaba el ruido de la fábrica, la humedad del aire, el olor de los colorantes. Tenía la ventaja de que como carpintero no vivía atado a la máquina, andaba de un lado para otro, poniendo una cuña aquí, haciendo una tarima; o como ahora, a mitad del patio, fabricando cajas para que algún día recorrieran el mundo en las bodegas de un barco.

—Déjalo chino, déjalo, traes la mano muy jodida —dijo Martín quitándole un marro de la mano y machacando él los clavos de cabeza doble.

Un barco, un barco que recorría sin parar mares y océanos, sólo de paso para pescar dos o tres palabras, cada vez en un idioma diferente, cada vez con un sentido diferente.

"Uno no puede vivir de tanta nostalgia. Nostalgia de oídas", pensó el chino, y trató de buscarle una vuelta al asunto de cómo darle en la madre al capataz.

Llevaba con esto una semana, desde que a él y a los otros dos carpinteros de La Magnolia, fábrica textil de Contreras, les habían ordenado desvestirse a la salida y dejar que los registraran, dizque porque estaban desapareciendo muchas herramientas; y ellos se habían negado, armando un buen motín en la puerta. Al fin se habían salido con la suya y el capataz "todoojo" se lo quería cobrar.

La mano inflamada era un buen pretexto y Maganda llevaba todo el día dando la lata y apretándole las tuercas al chino. El "todoojo" encontraba un especial placer en buscar la camorra, en irritar a los trabajadores, en humillarlos uno a uno. Parecía uno de esos personajes que necesita confirmación permanente de su existencia y su poder, y en aquellos años agitados en la industria textil encontraba su justo lugar como ariete de una clase patronal enfrentada en una lucha feroz con los sindicatos.

El chino dejó a sus dos compañeros dándole martillazos a las cajas y se fue hacia el almacén grande a ver si había llegado la madera pedida para reparar las bases de dos telares viejos que estaban resquebrajadas.

A la entrada del almacén topó con Cipriano, mecánico de primera y secretario general del sindicato.

—¿Qué pasó chinazo? ¿Cómo lo tratan los perros burgueses? Ya vi al Maganda rondándole toda la mañana.

—Tlaigo la mano jodida —dijo el chino como si eso lo explicara todo.

—¿A quién anduvo usted golpeando, hombre?

El chino alzó los hombros. No era lo suyo el hablar. Las historias del chino las solían contar otros. Llegaban a sus conocidos por caminos laterales y huidizos, a través de tipos que lo habían conocido en otros lugares. En otros momentos.

Ni modo, pensó Cipriano, "oriental y misterioso", dijo citando a los anónimos cronistas de *El Universal* que por aquellos días estaban empeñados en una campaña cerrada contra los *tongs* chinos de la Ciudad de México que controlaban el juego clandestino y los fumaderos de opio.

—Hoy vamos a tener una sesión en el sindicato para discutir lo del baile y la solidaridad con la huelga de La Magdalena, no deje de venir.

El chino asintió y se fue caminando sin prisa.

La fábrica estaba dividida en tres grandes galerías y dos almacenes anexos, todo bordeando un inmenso patio empedrado que tenía su salida en una zona de oficinas. Los galerones, mal iluminados, con ventanas altas y diminutas, encerraban a 350 trabajadores y a diez capataces. Era tradición que los administradores franceses de la empresa nunca ponían el pie en ellos mientras durara la jornada de trabajo, y sólo lo hacían cuando los obreros no estaban en la fábrica. Su mundo era el de las oficinas, así como el del chino y Cipriano era el deambular en toda la fábrica picoteando aquí y allá, trabajando febrilmente por rachas, y curioseando a ratos, haciendo trabajillos que les permitían hablar con diferentes obreros, que atados a sus máquinas recibían a los dos sindicalistas como la llegada de paloma mensajera. En las últimas elecciones, Cipriano, el indiscutido dirigente, había sido electo secretario general después de seis meses sin cargo sindical, y el chino, secretario de trabajo.

Tomás Wong recorrió el almacén hasta el final buscando al encargado para preguntarle por los materiales. Cuando al fin lo encontró perdido entre rollos de tela, éste le dio trescientas explicaciones inconexas sobre por qué no habían llegado las maderas, y el chino pensó que se había montado un enjuague para robarle centavitos a la fábrica. En esto, Tomás era muy claro. Los trapiches de los empleados de confianza eran cosa de ellos. Si hubiera sido un sindicalizado, otro gallo hubiera cantado, porque había un código de conducta implícito que decía muy claramente que un trabajador peleaba de frente contra la fábrica, que si quería más dinero lo ganaba en el combate sindical, pero no robaba. El código pasaba de viejos a jóvenes y había nacido con el sindicato. Sus cláusulas, fijas pero no escritas por nadie, establecían otra multitud de pequeños usos, como el de nunca hablarle a un capataz si no era por motivos de trabajo, o el de resolver los problemas de la producción por uno mismo, o cubrir al enfermo, proteger al cansado, apoyar y sostener al aprendiz.

Cuando Tomás iba de nuevo hacia el patio cargado de listones de madera para nuevas cajas de embalaje, "todoojo" se le apareció enfrente.

—Usted es un vagales, oriental.

El chino dejó caer al suelo las tablas y habló pausadamente:

—Mile, en estos tles últimos meses han muelto dos capataces en las fáblicas de pol San Ángel y Contlelas. ¿Sabe pol qué? Polque no aplendielon a quitalse de en medio, a no metelse a mitad de la güelga con los tlabajadoles y la emplesa. Yo no hablo mucho. Usted haga su tlabajo y yo hago el mío y se acabó.

—Ah, qué chinito tan cabrón, mire nomás con lo que intenta amedrentarme.

El chino lo golpeó una sola vez, y con la mano hinchada. Maganda salió botando para atrás con una cortada sobre el ojo derecho. En el suelo se revolvió desconcertado, pero la mirada fría de Tomás lo apagó.

El chino tomó las tablas del suelo y se fue caminando.

Al dejar las tablas frente a sus compañeros que habían visto de lejos el enfrentamiento, se sobó la mano lastimada, que ahora estaba hinchándose mucho más.

8

LOS PERSONAJES JUEGAN DOMINÓ Y DESCUBREN QUE EL TROMBONISTA Y LA DAMA TIENEN RELACIÓN

—. . . de gabardina gris azulada, y un lazo azul de terciopelo descendiendo del cuello. Puños de encaje blanco y un gorro de media cofia con listón de tres vueltas —dice el periodista.

—Caramba, caramba, quién hubiera sospechado en usted esa capacidad de observación ante el atuendo femenino —ríe el poeta mientras hace bailar las fichas de marfil sobre la mesa.

—Es notable, la vi sólo una vez, sólo un instante. Cuando llegué a la calle pasé al lado del muerto y me metí al edificio para buscarla, pero juro que rebusqué por todos lados y no estaba.

—¿Usted piensa que ella lo mató? —dice el licenciado Verdugo mientras se sirve una generosa copa de habanero y estira por abajo de la mesa sus pies calzados con flamantes botas, producto de un juicio que acaba de ganar.

—¿Cómo saber? —Manterola se rasca la incipiente calva, evoca a la mujer y su mirada de miedo, un instante después de que el cuerpo rompiera el vidrio cayendo los dos pisos.

—Parece pueblo esto, en dos días lo del trombonista y ahora la caída. Luego se quejan los de Zacatecas diciendo que esta ciudad es muy grande, que nomás entras en ella y dejas de tener conocidos. . .

—¿Sale o salgo? —le pregunta el chino a Manterola rompiendo el ensueño.

—Esa mano nunca se le va a componer si sigue madreando gente —contesta Manterola mientras con un gesto le cede la salida.

El chino juega la mula de treses y el poeta y el licenciado Verdugo se acercan al centro de la mesa arrastrando sus sillas. El ritual ha comenzado. La conversación ahora se enlazará con los secos golpes de las fichas de dominó y formará una maraña de palabras y mulas de cinco o cincos-cuatro. La cantina está hoy poco apacible. Hay dos borrachos calmos y sosegados, ahogando penas en una esquina de la barra, un muchachito norteño toca una guitarra y desafina en la mesa de la entrada, y un libanés comerciante de telas trata de venderles a gritos a sus dos amigos las bondades de una ruta comercial a lomo de mula rumbo al puerto de Acapulco, feudo de gachupines donde sus compatriotas no han podido plantar pie. Por si esto fuera poco, en otro extremo de la barra, *El Temerario Ross* cuenta a un aburrido cantinero cuando en Chicago, hace tres años, rompió el récord de velocidad en motocicleta de los Estados Unidos, poco antes de verse obligado a "recorrer paisitos presentándose en teatros pirujeros". La charla de Ross va acompañada por abundantes rugidos de motor producidos por una garganta que se enjuaga frecuentemente con mezcal "el caballito".

—¿Y qué pensó cuando le revisó la cartera al muerto? —pregunta el poeta.

—De verdad, ¿no se quedó medio frío? —presiona el licenciado Verdugo.

—Juegue sin temor, amigo —contesta Manterola ante las dudas del chino.

—Usted concéntrese, yo nomás gano —responde Tomás jugando el dos/uno.

—Abusado, poeta, nos están llevando al precipicio

—dice Verdugo más que nada para calar las reacciones de sus oponentes.

—Yo no lo esculqué —contesta Manterola—. Un policía de tránsito estaba junto al cadáver cuando me agoté de buscar a la mujer en el edificio, me identifiqué como periodista y el señor me mostró la cartera del difunto. Y ahí fue mi sorpresa. . .

El poeta pone el juego a doses y hace pasar a todos. Lo goza en silencio, luego rompe el cierre con el dos/tres y lleva la mano.

—Ah, cabrón, qué guardadito se lo tenía —dice su compañero, el licenciado Verdugo.

—Azares del destino —responde el poeta humildemente.

—Ya nos fregaron, Tomás —dice Pioquinto Manterola.

—Se acaba con el final, peliodista —contesta el chino.

—Y entonces que veo la identificación del coronel Froilán Zevada, y me dije: "Tanta casualidad es para poner nervioso". Muy nervioso la mera verdad. Dos Zevadas en una semana, uno usted y otro yo. . .

—No es para menos —dice el poeta—, si usted hubiera visto cómo le volaron los sesos al trombonista, más nervioso se hubiera puesto.

—¿A poco fue la primera vez que vio volarle los sesos a alguien, mi estimado? Usted estuvo en la División del Norte, ahí le volaban los sesos seguido a los ciudadanos —dice el licenciado.

—Y se los comían —completa el chino.

—Ah, cómo son brutos. Me puso nervioso que mataran a un tipo mientras estaban soplando los aires de la *Marcha Álvaro Obregón*.

—Ah, entonces sí. . . —dice el licenciado reconociendo.

En ese momento, el chino pone el juego a cuatros y hace pasar a todos, con lo cual su compañero queda con la mano.

—Ya ve, peliodista.

—Yo decía que había que confiar en la eterna sabiduría oriental. Dios nunca muere.

—¿No era Confucio? —pregunta el poeta.

—Yo soy ateo —dice Tomás Wong sonriente.

—¿Se acuerda de la foto de la señorita que usted encontró en la bolsa del uniforme del trombonista? —pregunta Verdugo.

—Hombre, ¿piensa usted?. . . —responde el poeta.

Manterola levanta la vista de las fichas y dice:

—Licenciado, tiene usted lo que se llama una potente retentiva.

9

EL POETA SE ENCUENTRA CON UNA MANIFESTACIÓN

Cuando comenzaron a escucharse los claxonazos, Fermín Valencia caminaba por Reforma rumbo a las oficinas de un ingeniero de minas, que habiendo quedado muy golpeado por el amor de una corista del Arbeu, le había solicitado al poeta "unos versillos amorosos a precio módico", incapaz por él mismo de juntar seis palabras en orden y concierto.

Volteó la cabeza y contempló un espectáculo insospechado: una manifestación de automóviles avanzaba en el mismo sentido que él. En la cabeza, seis Fords, tras ellos un centenar de choferes a pie y luego trescientos vehículos más entre camiones y automóviles cerrando la marcha. Algunos carteles proclamaban el motivo de la manifestación: "No a la tarjeta horario". "No más asaltos de uniformados."

Rápidamente, el poeta, que iba a la calle 5 de Mayo, resolvió sumarse a la manifestación y se subió a uno de los camiones que cerraban filas.

—¿Admite usted un acompañante solidario? —preguntó el poeta.

—Suba nomás —dijo el chofer y así se selló el pacto.

El poeta se debatió durante un instante entre seguir el curso de la manifestación o resolver uno de los versos que le llevaba al ingeniero. Lentamente las rimas lo envolvieron y no salió del paraíso algodonado de la poesía melosa sino hasta que la caravana de automóviles y camiones entró al Zócalo sonando las bocinas.

Muchos manifestantes dejaron sus automóviles a mitad de la calzada y el poeta descendió para irse a su cita. En esas andaba cuando desde uno de los balcones del ayuntamiento comenzaron a disparar contra los choferes. La multitud arremolinada por todo el Zócalo trató de cubrirse corriendo, unos hacia Palacio Nacional y otros hacia los portales de mercaderes.

Un día después, Pioquinto Manterola, ilustrado por las palabras del poeta, publicaría en *El Demócrata*: "Lo que nadie esperaba sucedía. Era la tragedia que llegaba, desplegando sobre todos los que se encontraban cerca, sus alas ensangrentadas."

Los choferes respondían arrojando piedras contra las ventanas del palacio municipal, y los bomberos intervinieron arrojando agua. Cargas de la montada y respuesta adecuada de los automovilistas que aventaron sus coches contra ellos. Un par de gendarmes rodaron por el suelo con las costillas rotas y junto a sus caballos despanzurrados. Las cruces blanca y roja aparecieron aumentando con el ruido de sus sirenas el desconcierto. El capitán Villaseñor, al que el poeta conocía de vista, por ser originario de Ciudad Juárez, fue barrido materialmente por un grupo de choferes que lo embarraron contra uno de los portones del palacio municipal.

Un chofer yacía en el suelo perforado por un balazo. El poeta, oculto bajo un camioncito de redilas y carga, veía pasar pies, llantas y cascos ante sus ojos desorbitados. Las piedras volaban por el cielo de la plaza mayor de la Ciudad de México. Los tranvías habían dejado de circular cuando un grupo iracundo de choferes cargó contra el palacio municipal. El poeta pudo observar cómo las ventanas desde las que los empleados del municipio habían iniciado el tiroteo, se vaciaban, y sobre ellas llovía la pedrea.

En uno de los momentos en que cedió el tumulto, el poeta aprovechó para escabullirse de su lugar de observación y salir del Zócalo colgado de la trasera de una de las cruces blancas.

Al día siguiente y leyendo la crónica de su compañero de juego, hubo de enterarse que el saldo del combate entre funcionarios del ayuntamiento, choferes, bomberos, gendarmes de a pie y de a caballo, había sido de cinco muertos y veintitantos heridos.

—¿Y usted estaba allí? —le preguntó el ingeniero de minas un par de horas después.

Y el poeta movió las cejas sin saber qué contestar. Como que había estado y como que no había estado. "Maldita ciudad", pensaba, sin saber a quién culpar de que el eco de las balas le siguiera zumbando en los oídos.

10

ENCUENTROS, DESTINO
O MALA SUERTE

Le extendió la foto pero se negó a soltarla. De manera que ambos, periodista y policía, tironearon suavemente del cartoncito durante unos segundos.

—Gracias capitán —dijo Pioquinto Manterola soltándola de repente.

—Oiga.

—¿Dígame?

—¿Y qué, sacó algo en claro? —dijo el capitán de policías municipales, un personaje flaco, de ojos vidriosos, que buscaba con sus pulgares los bolsillos de un chaleco inexistente.

—Nada, desde luego. Quería ver la foto para inspirarme en un próximo trabajo.

El periodista cruzó las puertas de la comisaría brincando a un borracho que había tenido el mal tino de escoger ese lugar para dormir un sueñito. La mujer era la misma, no había duda. Y todo se volvía más o menos simple. En el margen inferior de la foto, ignorado por el perspicaz poeta, un pequeño sello en que se cruzaban una F y una L, condujo al periodista, tras un paseo polvoso por las calles de tacuba, hasta Foto Larios, un estudio fotográfico que frecuentemente colaboraba con *El Demócrata*. Media hora después, el periodista salió con una foto entre las manos similar a la que había visto en la comisaría, con la ventaja de que ésta tenía anotada en la parte de atrás la dirección de su dueña.

Superó un momento de duda y bajó por Avenida Juárez soportando estoicamente un sol picante que le hacía brotar gotas de sudor de la calva y la sien. "Hay periodistas de caballería y hay periodistas de infantería", se dijo; cruzó la calle esquivando una carretela guiada por un ciudadano que había empezado temprano a beber mezcal, y que parecía haber contagiado a los caballos de su sentido de la dirección.

El poeta lo esperaba componiendo un refrán degradatorio para el general Manrique, futuro jefe de armas del Estado de México, a petición del general Viñuelas, su segundo. El pago tenía que garantizar un bello refrán, junto con el anonimato del empleador. El poeta había probado con variaciones tipo: "El perro de San Roque no tiene rabo, y el general Manrique nos pela el nabo", pero no le parecía ni original ni punzante. Estaba bebiéndose una gaseosa La Camelia a media calle cuando vio aparecer dando la vuelta a la esquina, con ese paso tan peculiar, como de tren reumático pero recalentado, la cabeza por delante, a su amigo el periodista.

Sus relaciones eran anteriores al juego de dominó. El periodista le había conseguido muchos trabajillos para la prensa, sacándolo de las peores miserias. A cambio, en una ocasión, el poeta había cortado la cuerda de la que el periodista había tratado de colgarse, víctima de un pinchurriento mal de amores. Ambos hablaban poco del pasado. Al poeta le gustaba contemplarse a sí mismo y por añadidura a sus tres amigos como parte de la bazofia que la ola dejaba sobre la arena de la playa. Inclasificables, hijos de conmociones sociales que los desbordaban con mucho y de las que tangencialmente habían sido observadores, protagonistas y víctimas.

—La tengo, la tengo —dijo Manterola secándose el sudor con un pañuelo blanco sacado del bolsillo.

—¿La mujer? ¿Es la misma la mía que la suya?

—La mujer. Tengo el nombre y hasta la dirección.

—¿A verla? —dijo el poeta y observó cuidadosamente la fotografía—. Sí es. ¿Y ahora qué sigue?, no lo veo en papel de detective.

—Eso me estaba preguntando —señaló el refresco del poeta—. ¿Oiga, de dónde sacó eso?

—De una tienda, de dónde va a ser, venga y le invito otra.

Mientras esto sucedía en un portal de San Juan de Letrán, el licenciado Verdugo se estaba peinando con un poco de brillantina Tres Coronas. Se había despertado tratando de escapar de una pesadilla, y tras contar las monedas sueltas y los pocos billetes, había decidido que podía juntar el desayuno con la comida y hacerlo bien y de una sola vez. Sin pensarlo mucho escogió el Club Tampico, cerca de La Ciudadela, y decidió que comería chuletas de cerdo en chile pasilla, una doble ración.

Esto y la peinada estaban sacándolo de la resaca de la pesadilla, cuando bajo su puerta una mano anónima deslizó una invitación para una exhibición de cine privada en casa de la viuda Roldán, que realizarían Arenas, Vera y Cia. La invitación venía firmada a mano por "tu amiga Concha— secretaria social".

Tardó un rato en descubrir que no conocía a Arenas, mucho menos a Vera y desde luego ignoraba quién pudiera ser Cia., y que su única relación con la viuda Roldán y su lujosa casa en la colonia San Rafael, se encontraba en que alguna vez había sacado de apuros a Conchita, que por lo visto de bataclana había evolucionado socialmente para convertirse en secretaria de viuda rica. Bien porque tenía ganas de ver a Conchita en su nuevo papel, bien porque auguraba una cena gratis, bien porque se había vuelto aficionado al cine, Verdugo guardó la invitación en lugar de tirarla en el bolsillo del chaleco, instantes antes de salir a la calle.

Vivía en un piso prácticamente desamueblado (una cama en un cuarto y un sillón a mitad de lo que algún día sería la sala) en un barrio lleno de casas en construcción, un kilómetro antes del Hipódromo de la Condesa, en una zona que estaba siendo loteada vorazmente y que en la publicidad de los diarios comenzaba a llamarse Insurgentes-Condesa. El piso en cuestión había pertenecido a un ex cliente del licenciado que se había suicidado, heredando a su abogado el uso de la casa por diez años, con el compromiso de convertirla pasado ese tiempo en un burdel o en una oficina de apuestas ilegales. Verdugo, poco partidario de la administración, había decidido vivir allí los diez años y luego salir de la casa dejando las llaves en la puerta. En vía de mientras, su cama y su sillón, más un perchero y un plato (para poner leche destinada a un gato que a pesar de no ser suyo invernaba en el departamento), eran el único mobiliario, probablemente de forma permanente. Cuando salía, sabía que dejaba poco atrás, esto ayudaba a vivir con la sensación de que no había prisa por regresar a ningún lado.

Con esa conciencia, el licenciado Verdugo se caló un Stetson gris perla y salió a darse de golpes contra el sol.

Cuando se bajó de un autobús en la calle Balderas topó, casi de frente, con el periodista y el poeta que discutían animadamente de béisbol en una esquina.

—Ilustres, ¿qué haciendo?

—Planeando la táctica —dijo el periodista—. Pero con éste no se puede discutir un cuarto de hora de la misma cosa.

—Lo que ocurre —dijo el poeta lanzándose a caminar por Balderas y sin esperar a que los otros lo siguieran— es que el señor como periodista es muy bueno, pero como detective, deja mucho que desear.

—Quizá lo que pasa es que el retrato me recuerda a una mujer a la que tuve en mucha estima —dijo el periodista.

Nubes de colores danzaron por el interior de su cabeza. Se trataba contradictoriamente de evocar y de anular los recuerdos. Recuerdos que producen dolor y sin embargo no se desechan.

Verdugo, reconociendo en el tono de voz del periodista, material de su propia experiencia, intervino cortando el ensueño.

—¿Encontraron a la mujer de la foto que traía en el bolsillo el trombonista? ¿Es la misma que vio usted, Manterola, cuando se arrojó el hombre del edificio?

El periodista asintió y tendió el cartoncito al licenciado.

Era una mujer joven, de no más de 30 años, con rasgos finos y ojos lánguidos, a la moda; más delgada de lo que los gustos nacionales requerían, y rigurosamente vestida de negro. Bella, una belleza un poco dura. Estaba sentada en un sillón de brocado mirando hacia una ventana por la que entraba una luz que quemaba una parte de la fotografía y producía el exótico efecto de darle un halo al perfil derecho de la mujer. En la parte de atrás del cartón, se podía leer: Margarita viuda de Roldán y la dirección.

—Carajo, qué casualidad —dijo el licenciado Verdugo.

—¿La conoce? —preguntó el poeta.

—No, conocer no, pero hoy me llegó una invitación para ir a su casa a una proyección privada de cine.

—Maldita sea, demasiadas casualidades —dijo el periodista.

—Yo cada vez creo menos en las casualidades. Primero el asesinato del trombonista ante mis ojos, luego aquí el señor Manterola ve caer a su hermano el coronel, y luego a usted lo invitan al cine.

—A lo mejor es el destino.

—Desde que Obregón ganó en Celaya yo no creo en el destino, sino en la mala suerte —dijo el poeta.

—Pues eso, la mala suerte —dijo el licenciado Verdugo.

11

PROGRAMA DOBLE

A las ocho en punto se presentó en la puerta del pequeño palacete en la colonia San Rafael y subió por las escalinatas junto con tres músicos de la Jazz Band Torreblanca y dos oficiales de artillería.

Nadie los esperaba en la entrada y pasaron sin mostrar la invitación. En el gran hall reinaba el caos previo a las fiestas. Un par de sirvientas de negro y con cofia llevaban charolas de pasteles, y dos técnicos de Arenas, Vera y Cia tendían cables desde un cuarto oscurecido donde seguramente se proyectarían más tarde las películas. Verdugo encendió un Aguila largo sin filtro y se acodó en una chimenea blanca; los dos oficiales siguieron su ejemplo. Al fin, Conchita apareció por una puerta de vaivén, acompañada de los olores a carne asada que venían de la cocina.

—Por favor, por favor. Su puntualidad es exasperante, caballeros. En México se cita a las ocho para llegar a las ocho y media. . . ¡Licenciado Verdugo! ¡Benditos ojos te vean! —y con un breve "con permiso" dejó a los oficiales fumando y esperando, tomó a Verdugo del brazo y se apropió de él.

—Creí que nunca más te vería Alberto, y por casualidad una amiga me dio tu dirección, y como yo estoy a cargo de las invitaciones de las fiestas de la viuda, pues date. . . Y afortunada soy.

Conchita estaba triunfando cuando en una representación del Tenorio le clavaron en el muslo un florete y aullando se cayó del escenario sobre la orquesta. Eso

51

truncó su carrera artística; eso, y el que dos semanas después y ya restablecida le rompió la clavícula con un jarrón de bronce al galán que accidentalmente la había estoqueado. Era pequeña y vivaracha, de busto exuberante y unos ojos verdes que hacían palidecer de envidia a las primeras actrices. Todas sus frases eran rematadas con un gesto que había adquirido en los escenarios y que en su lenguaje corporal implicaba una doble afirmación.

Verdugo le tomó la mano y se la besó.

—Para, Conchita, no me abrumes.

—Pero cómo no te voy a abrumar, el único licenciado galante de esta ciudad en mis manos.

—Vengo de espía, mujer.

Conchita interrumpió la cháchara y lo miró fijamente. Verdugo retrocedió ante los ojos verdes y recompuso:

—A ver cómo te ha tratado la vida.

—Pues bien, voy por ella. . . Espérame un instante, atiendo a esos pasmarotes y vuelvo a ti.

Y se despegó dejando a Verdugo sombrero en mano y cigarrillo en la otra en una esquina del hall.

Las fiestas por esos días solían congregar a una mezcla bastante estable de militares triunfantes, señoritas cultas, jóvenes estudiantes vasconcelistas que hablaban griego; licenciados metidos en la política y que vestían y hablaban como su modelo, Jorge Prieto Laurens; industriales prósperos, actrices de comedia teatral en la frontera del buen ver, algunos tarambanas porfirianos cuyos padres habían tenido el talento de romper con la hacienda e invertir en la especulación de terrenos y casas, y cuyos hijos se habían barnizado políticamente; y de postre, toda la resma de vividores que la guerra europea había arrojado sobre México: duques rusos, ingenieros franceses, vividores de Barcelona que practicaban el boquetazo o el timo de las joyas familiares; había también algunos periodistas de *El Heraldo* y *El Universal*, que escribían versos domingueros, y un par de hijos de tendero gachupín. Era una sociedad en la que por inmadurez abundaban las inseguridades, con exceso de cinismo y de virginidad para el gusto de Verdugo, quien en esto pensaba mientras los veía traspasar la puerta y liberarse de sus guantes (inútiles en la Ciudad de México) y sus sombreros. Faltaban para su gusto soldaderas, sindicalistas ácratas, vendedores de lotería, caballos, granjeros norteños que estaban por hacer su primer millón, y un montón de putas amigas suyas.

La presión de los que iban llegando con retraso desplazaba a lo largo del gran hall y las salas laterales a los invitados que habían llegado puntuales. Así, se vio metido sin quererlo en una conversación sobre las virtudes del clima veracruzano con un industrial francés que tenía una fábrica de hilados, y con un capitán, adjunto al estado mayor del tigre Guadalupe Sánchez. El militar se sabía de memoria la biografía de Santa Anna y trataba de infiltrar la información en las disquisiciones del industrial. Cuando Verdugo introdujo el tema de la brujería que se practicaba en los Tuxtlas con regular éxito contra todos los "güeritos", ambos lo miraron como se aprecia a un bicho raro. Era lo malo de la nueva sociedad que se iba formando, urgida de modernidad, parecía contemplar el país como lo haría un caballo con enormes orejeras.

Verdugo encendió un nuevo cigarrillo y le dio la espalda a sus compañeros accidentales. El gesto tuvo algo de afortunado, porque en ese momento la dueña de la casa hacía su presentación descendiendo por las escaleras. Vestía una túnica negra suelta y apenas sujeta al cuerpo con flores blancas de terciopelo, unos largos guantes suecos, y unas botas rusas de doce ojales. El negro del vestido brillaba contrastando con la palidez de la piel de los hombros y los brazos. Sonreía lánguidamente, con una sonrisa prefabricada que se había puesto de moda tras una representación meses atrás de *La dama de las camelias* de Dumas.

Verdugo, dotado de un instinto francamente utilitario, dejó de mirarla para mirar los rostros de los que la veían pasar. Encontró de todo un poco, envidia, fascinación, desprecio, ganas de hincarle el diente. Se detuvo en un militar colocado al pie de la escalera. El hombre la miraba con ¿orgullo? ¿posesión?. "Ajajá, picarón", se dijo Verdugo, y buscó a Conchita con la vista. La secretaria caminaba al lado de la viuda de Roldán pendiente de sus gestos. Al pasar al lado del militar (galones de coronel, amigo, se dijo Verdugo), Conchita le dirigió una mirada de mala fe.

Poco a poco, damas y demás respetable concurrencia que las acompañaba, incluido el observador abogado, entraron al salón de proyecciones. Verdugo se sentó en las últimas filas, y se dispuso a echar un sueñito clandestino con un programa doble compuesto por 10 rollos de *Los ópalos del crimen*, con Beatriz Domínguez, y seis rollos de *Los filibusteros*, basada en la novela de Emilio Salgari.

Y arrullado por la pianola, así lo hizo.

12

LOS PERSONAJES JUEGAN DOMINÓ, HABLAN DE UNA VIUDA, DE LA CASUALIDAD Y DE UN CORONEL DE GENDARMES

—¿Y estuvo buena? —pregunta el poeta.

—¿La siesta? —dice Verdugo.

—La cena, desde luego —precisa Fermín Valencia.

—Buena, lo que se dice buena. . . —dice Verdugo que trata de distraer al periodista Manterola para que éste no le ejecute la mula de doses.

—¿Y ella? —pregunta Manterola mientras sin piedad ahorca la de doses.

—Ella es muy particular. Domina el ambiente como si no se lo propusiera. Tiene un nombre sonoro: Margarita, viuda de Roldán. . . Está al tanto de todo, vigila. Una Lucrecia Borgia en dulce, yo diría.

—Mi estimado licenciado, no sólo le ahorcaron la de doses, sino que le ahorcaron el talento —dice el poeta.

Pasan de las dos de la mañana, el cantinero repite el ritual de ir apagando uno a uno todos los focos, como quien desplumara un gallo o apaga las velas de un pastel, hasta dejar a nuestros personajes en medio del círculo de luz bajo la solitaria pantalla. Hay un algo de última cena, sin cena y con cuatro copas de habanero regio en el escenario. La cantina se encuentra casi vacía. A los pies de la barra duerme la borrachera *El Temerario Ross*, que en vista de que ha perdido su valor como estrella del motociclismo, cura sus penas hasta el sueño con mezcales a los que se aficionó en la famosa carrera de Toluca donde perdió el premio y ganó un atroz miedo a estrellarse a 100 kilómetros por hora.

—Va el ciele —dice el chino Tomás Wong que no se siente muy a gusto con las burlas sagaces de sus amigos que punzan a la nueva aristocracia obregonista sin acabar de herirla, como si a pesar de su voluntario marginalismo no hubieran acabado de romper cadenas, ancla y lastre con el mundo del que vienen.

—Carajo, qué guardadito te lo tenías, Tomás —dice el periodista y comienza a contar las fichas de los atribulados Verdugo y Valencia.

—¿Y la esencia, la esencia del asunto? —dice el poeta para olvidarse de la partida que va perdiendo de mala manera.

—En apretada síntesis: hay una viuda apetecible que domina un salón, un coronel que por cierto es un viejo conocido de ustedes, una secretaria a la que no le gusta el coronel, una curandera científica ducha en el hipnotismo de la que la señora no se puede desprender porque le cura las jaquecas y los dolores de muelas, el hijo de un industrial francés que es un calaverita, un gachupín bastante hosco —aunque la mona se vista de seda, los callos y las cicatrices hablan por él— y un teniente de gendarmería que me late a gato del coronel. Eso sería el círculo de los íntimos. El resto de los asistentes a la fiesta, despistados como yo, según pude apreciar. O más bien, despistados bastante más despreciables que yo.

—Yo puedo darle un dato nuevo —dice el periodista, y se relame las gotas de habanero que perdura en el bigote—. Sé cómo murió el famoso Roldán, ex esposo de la actual viuda: envenenado.

Los rostros de los tres compañeros miran fijamente al periodista, éste disfruta la sorpresa, que le ha quitado a Verdugo el mando de la conversación.

56

—Envenenado con gases de plomo fundido, algo que los cultos del oficio de imprenta llaman saturnismo.

—Mire nomás —dice el poeta—, mi padre me habló alguna vez de la enfermedad de los tipógrafos, y de cómo tenían que tomar mucha leche para evitarla.

—Pues el señor de la viuda no tomó suficiente —dice Verdugo.

—¿Y cómo se envenenó? —pregunta el chino que ha sido enganchado en la intriga.

—Era dueño de los talleres tipográficos La Industrial, los más grandes de la ciudad.

—Ahí hay sindicato de la CLOM —dice el chino poniendo su gotita de sabiduría en la conversación.

—¿Y la mujer?, descríbame a la mujer. Sólo la he visto en foto —insiste el poeta al que el envenenamiento por plomo ha dejado de interesar.

—Es bella, es dominante, es joven. . .

—Y además, su foto estaba en el bolsillo de un trombonista muerto, y ella en persona se hallaba en el lugar donde el hermano del trombonista *se arrojó* a la calle desde un segundo piso —completa Manterola.

—Cierto —dice el poeta.

Mientras las fichas se mezclan y ronronean, el cantinero deposita una segunda botella de habanero en la mesa. Lo hace suavemente, el ruido de las fichas es sagrado.

—El colonel es Gómez, ¿veldad?

—Sí, mi amigo. Es el mismísimo Jesús Gómez Reina.

El chino evoca al jefe de la gendarmería del D.F. que el año anterior lanzó a caballo a sus muchachos contra las huelguistas de los talleres del Palacio de Hierro. Gómez, que disparó contra la huelga de los ferrocarrileros. La bestia negra de los anarcosindicalistas del Valle de México.

—Esa mujer me recuerda a otra mujer —dice Manterola tomando una a una sus siete fichas y poniéndolas de pie.

—Eso suele suceder. Una mujer recuerda a otra, que a su vez recuerda a otra —dice el poeta.

—Por favor, señores, por favor —dice el licenciado.

—¡Por trrrescientos metrros! —dice el campeón de motociclismo borracho desde el suelo de la cantina.

El reloj de cucú marca la media.

13

TRABAJOS QUE DAN DE COMER

El poeta abrió la plana central del diario y contempló con felicidad su obra. Obra anónima, no muy ajustada a sus saberes, pero obra al fin y al cabo en blanco y negro, perpetuada por tanto.

> *Tratamiento de campaña para el piquete de araña (gonorrea), diez pesos en tres días.*

La competencia había redactado el de la *Gorreina*, que sin duda era muy inferior.

En la columna a la izquierda y profusamente ilustrada, se encontraba otra de sus obras maestras:

Tanlac ha curado a miles de mexicanos en U.S.A. Testigos presenciales dan fe de cómo sus parientes, vecinos y amigos de U.S.A. recobraron la salud y la felicidad por medio de Tanlac, que es el remedio de fama mundial para enfermedades del estómago.

Ése le gustaba particularmente, por el tono semirreligioso que tenía, el aire santurrón, acentuado por la cara benevolente del anciano que tomaba Tanlac y se sentía a toda madre.

En la parte inferior derecha de la página estaba otra versión de sus mejores obras sintéticas:

Gonorrea, por crónica que sea. En tres días se
espanta: Tratamiento de campaña. Tan segu-
ro como una palabra de honor.

Ése resultaba atractivo por su tono castrense, invitaba
al oficial joven, muy dado a pescar la enfermedad maldita, a curársela en la Cámara Medicinal, por once pesos
tratamiento completo, sonrisa complaciente del enfermero
incluida.

Tenía algunos otros por ahí, hijos de su pluma desem-
pleada:

Cuando el cerebro se agota: El cordial de Cerebrina.

En este último, no sólo la fórmula, también el nombre
del medicamento era obra suya.

El poeta entendía que este oficio inferior, que algunos
idiotas comenzaban a llamar "publicidad", era algo así
como su broma final, su ejercicio de estilo mañanero, y el
pago de algunas raciones de huevos estrellados con su salsa
borracha y sus tortillas. También era la muestra de su paso por las turbulentas aguas de la Ciudad de México, y su
prueba de supervivencia. Pero quizá lo que más lo satisfa-
cía era que en dos años de estar escribiendo (*dolor de
espaldas violento, cuando amenaza con deshacerse la es-
tabilidad*, ése le gustaba por extraño, mágico, enigmático) nadie nunca lo había inducido a meterse una píldora
en la boca (*rosadas, las del doctor Lovett, todo lo curan,
todo lo sanan*).

Por eso había en su revisión diaria de la página de
anuncios medicinales del periódico un estilo de gran propietario rural unido a un aire de satisfacción burlona,
pero profesional.

Así, esa mañana, mientras trabajaba con la ventana
abierta para que el aire empujara la humedad de la lluvia

que desbarataba el empedrado allá afuera, releyó los anuncios de la competencia, y luego se lanzó de cabeza a buscar un nombre para un producto que, elaborado por las droguerías de F.M. Espinosa R. curaría: *"enfermedades del sexo femenino, dolores de cabeza, debilidad, esterilidad, tumores, desarreglos, manchas, etc."*

Mojó el manguillo en el tintero y sin dudar un instante escribió:

Saravia Espinosa, para curar. . .

14

¿USTED POR QUÉ ME SIGUE?

La mujer se volteó, lo miró fijamente y le dijo:

—¿Usted por qué me sigue?

—Mi nombre es Pioquinto Manterola, periodista de oficio. Y su rostro. . .

Estaban a mitad de la Alameda; la mujer se cubría con una sombrilla amarilla de los rayos del sol, y el periodista se había visto obligado por galantería a despojarse de su gorra inglesa y dejar que su calva comenzara a sufrir el impacto del calor. A su lado, un muchachito vendía hielos saboreados con esencia.

—Espero que entienda que eso de ser periodista no es un argumento para andar siguiendo a una dama por la Ciudad de México, si así fuera. . .

Ella sonrió. Cierto. Manterola se había tropezado con la mujer y uno de sus acompañantes cuando salía del diario y sin dudarlo había comenzado a seguirlos. Unos minutos antes, el acompañante de la viuda Roldán se separó de la mujer y aceleró el paso y el periodista aprovechó para acortar distancias.

—¿Quiere que deje de seguirla o quiere saber la historia, señora? —preguntó Manterola.

La mujer sonrió nuevamente y se dirigió a una de las bancas cercanas al kiosco. El periodista caminó tras ella.

—¿Y bien? —dijo ella una vez que se sentaron.

—Sólo conozco su apellido de viuda, señora, quisiera saber su nombre.

—Me llamo Margarita. Margarita Herrera, de soltera.

—Pues bien, accidentalmente me encontraba en el segundo piso del periódico el día en que el coronel Zevada se arrojó por la ventana de un edificio frente al nuestro, y tuve la fortuna de contemplarla en esa ventana segundos antes.

La mujer palideció un instante y luego se repuso.

—¿Podría usted comprarme un helado?, el calor es insoportable.

El periodista asintió, e hizo un gesto a un heladero de carrito que estaba a unos veinte metros de ellos. La mujer permaneció en silencio mirando hacia una de las fuentes. El periodista la contempló con calma. Había vuelto a dominarse.

Un grupo de charros pasó a caballo cerca de la pareja, había además un montón de estudiantes del Colegio Militar que se habían fugado de alguna clase y que se lanzaban con violencia un saco lleno de papeles.

—Dijo usted que había tenido la fortuna. . .

—Lamento que las circunstancias hayan sido ésas, pero su rostro angustiado me conmovió, señora —respondió el periodista.

—¿Piensa que yo arrojé al coronel?

—Soy un periodista, no un juez; no acuso, curioseo.

—¿Qué más sabe de mí?

—Vi su foto en el bolsillo de un trombonista muerto unos pocos días antes.

La mujer nuevamente perdió el color. Sus dedos apretaban nerviosos un pañuelo de seda cuyos bordados hacían juego con la sombrilla.

La mujer no había probado el helado que el periodista le había comprado, y en ese momento lo dejó caer al suelo.

—Señora, si puedo serle útil de alguna manera, cuente con mi discreción.

La mujer lo miró fijamente, sus ojos negros buscaron en el rostro del periodista una señal, y llegaron más allá,

63

encontraron la grieta que otra mujer había hecho en ese hombre, las vulnerables cicatrices.

—¿Me puede repetir su nombre, señor periodista?

—Pioquinto Manterola.

El saco lleno de papeles de los estudiantes cayó a un lado de la pareja; durante un instante se vieron cercados por la bulla y el ruido. Luego ella se levantó de la banca y con un gesto impidió que el periodista la imitara.

—Sabrá de mí muy pronto, señor —dijo y comenzó a alejarse moviendo la sombrilla.

Manterola la siguió con la vista. Sabía que ella había encontrado su debilidad, pero al menos era consciente de eso. "Tonto pero no ciego" se dijo de sí mismo.

15

BONITAS HISTORIAS QUE VIENEN DEL PASADO: PIOQUINTO MANTEROLA

El poeta debe recordarlo bien porque asistió como privilegiado espectador a los sucesos. Primero me toqué la garganta, y deshice el nudo, luego me puse a llorar en silencio, como deben llorar los mudos, sin sollozos, sólo gruesos lagrimones que me caían por la cara sin que yo, el otro yo, el nuevo, el superviviente, hiciera nada por detenerlos.

Ése es el primer recuerdo que tengo de mí mismo, de mi nueva vida. Eso, y la sensación de que la nueva vida traería de premio memorias de la vieja vida; la sensación de que ni siquiera habiendo estado tan cerquita de la muerte había dejado allá el equipaje con el que había pretendido irme. Fue ahí cuando me dije: "Si quieres seguir viviendo contigo mismo, vas a tener que soportarte".

Desde entonces soy más benévolo con mis miserias, más dueño de mis debilidades, menos ruin con este hombre que alcanza los cuarenta años y prosigue viviendo en la pelea con los minutos, con las horas. Con un tiempo que me ha sido graciosamente prestado, o quizá debería decir: devuelto.

16

MITIN CON BAILE

Cerraron la calle del Rosario por ambos lados, en uno pusieron un automóvil y algunos ramos de flores en jarras de barro para disimular, por el otro se montaron unas vallas corraleras, y ahí se instaló la comisión de orden, sin disimular los revólveres y las pistolas en las bolsas de atrás del pantalón. En las paredes colgaron carteles de la CGT y de la Federación Textil. Los de orden traían brazalete rojo, la comisión de recepción en la entrada brazalete verde. Sobre la calle y con ayuda de los vecinos, florecieron los puestos de fritanga y los puestos de folletos, y en el centro el tablado para la orquesta, los cantantes y los oradores. A las ocho comenzaron a llegar.

Venían del Municipio San Ángel y del de Contreras, de Chalco, Tlalpan, de la Doctores, de San Antonio Abad y el pueblo de Tacubaya, endomingados pero sin exagerar, lustrados los únicos botines y cepillado el sombrero de ala ancha y caída que uniformaba a los textiles. Chalecos un poco raídos pero con los botones bien pegados, camisas blancas. Bajo el chaleco la pistola, el revólver 22 de cilindro para cinco balas, la Browning, las pistolas belgas compradas en Veracruz, los Colt cortos, las navajas. Eran una fuerza festiva en estado de guerra. Los militantes traían en el ojal una escarapela roja, una breve cinta con letreros dorados como: "ni Dios ni amo", "hijo de la tierra", "sin cadenas", "parias".

La orquesta del maestro Barrios Rosales apareció poco después y tomó por asalto el escenario.

Según el programa, tras la obertura (wagneriana, ni modo) le tocaba hablar a Jacinto Huitrón, y el flaco anarquista se encaramó al escenario apenas sonaron los últimos acordes y abrió el fuego con las siguientes palabras:

—Sí, cantemos a la primavera manumitiva, que ya Júpiter barre con su cuerpo los peldaños del trono, Marte rompe sus armas para devorarse a sí mismo, Jano derrumba las naves del templo para aplastar a sus sectarios y Creso en unión de la concubina Temis se degüella con la famosa espada de dos filos. ¡Viva la anarquía!

El poeta profesional que estaba arrimándose a su amiga Odilia, la obrera de la fábrica de cartuchos, no pudo dejar de mirar gacho al poeta improvisado. Qué manía la de los ácratas de untar el mensaje social con poesía de tercera. Afortunadamente la banda retomaba el escenario y comenzaba a tocar un tango. ¿De dónde venía esa música fiera y empalagosa que se había colocado en los ambientes obreros del Valle de México?

Cuando el periodista Pioquinto Manterola apareció tomado del brazo del licenciado Verdugo, la orquesta atacaba una polka.

Manterola estaba radiante. Las fiestas populares eran su ambiente ideal. El bullicio, la alegría ajena lo tocaba como millares de manos de hadas enguantadas que acariciaban sus sentidos. Le gustaban los rostros un poco serios de los trabajadores textiles, hombres y mujeres que tenían sonrisa tardía pero abierta, le gustaban las muchachitas de los talleres del Palacio de Hierro, las costureras de la Nueva Francia y las boneterías, los jóvenes obreros de la Ericsson, a medio camino entre proletarios y técnicos. Pasaron al lado del poeta, cautamente ignorándolo para dejarlo continuar su conquista, y buscaron en medio de la multitud que llenaba la calle, apretándose en el baile y el moverse de una conversación a otra, de un puesto a otro, a su amigo el chino. Tomás estaba en un puesto de folletos discutiendo con Ciro Mendoza, un joven dirigente de los textileros anarquistas.

—Hay que tener paciencia, Tomás —decía Ciro.

—Paciencia que la tengan ellos —contestaba Tomás y viendo a Verdugo y al periodista los llamó con un gesto.

—Mile, Cilo, éste es mi amigo el licenciado Veldugo, ilustle, muy ilustle pol motivos que a usted no le intelesan demasiado, pelo además él tladujo a Malatesta. Que le diga qué dice él soble la paciencia.

—Perdone, amigo, pero no cito a Malatesta en una fiesta.

—Esto no es una fiesta, o bueno, sí es fiesta, pero se puede citar a Malatesta, a nadie le va a molestar —dijo el dirigente sindical de los textiles.

El baile se había generalizado, y el periodista se alejó de la naciente discusión y se fundió con las parejas. En un puesto se tiraban bolas de béisbol a una caricatura de Morones, dirigente eterno del sindicalismo amarillo. El premio al que le diera tres veces a la efigie del gordo era un cancionero libertario. Un poco más allá se rifaban las obras de Bakunin, y diez metros hacia el fondo los huelguistas de la Estrella sorteaban un chivo.

Un jovencito con corbata de lazo, flaco pero con una intensidad que hacía pensar que sus días y sus noches eran consumidos por el movimiento, dirigía el verbo fogoso desde la tribuna.

—La organización no es la renuncia a pensar, la organización no pide borregos, quiere militantes. La crítica no debe ser apagada, tiene que correr como un río de aguas vertiginosas. . .

17

MOVIMIENTOS NOCTURNOS

El licenciado Verdugo metió la pierna izquierda por la ventana, tomó su sombrero en la mano para evitar que se le cayera en la calle y se metió en el edificio.

Al salir de la fiesta ácrata, y a pesar de las recomendaciones del periodista, había decidido darse una vuelta por la casa de la viuda. Tenía en la cabeza un mapa de la distribución de las habitaciones, y pensaba que lo peor que le podía suceder era ser capturado a mitad de casa ajena con la disculpa garbosa de que estaba involucrado en una excursión hasta la cama de su amiga Conchita.

Cerró los ojos para que la retina olvidara el farol callejero y se acostumbrara a la oscuridad. Contó mentalmente hasta diez y tropezando con un sillón que no debía estar ahí, buscó a tientas el barandal de la escalera para deslizarse hasta la planta baja. Al fin, y tras otros dos tropiezos y un ingrato encuentro con algo que podía ser un gato o una rata monumental, se topó con el remate de la escalinata y comenzó a bajar. Su prodigiosa memoria le decía que había desde la parte de arriba de la escalinata a la sala 21 peldaños, pero cuando llevaba 25 comenzó a pensar que o se había equivocado de casa o estaba bajando a un sótano en una acción que no estaba programada. Al final, y cuando llevaba más de 30 escalones, llegó a la conclusión de que esta escalera no era la escalera que había visto el día de la proyección de cine; probablemente se trataba de una escalera que corría del frente hacia la cocina, o algo así. Tantas vueltas en la cabeza casi impidieron que se diera cuenta de que la escalera se había terminado, y que donde debía encontrarse una repisa de marmol sobre una chimenea, allí estaba. Juró que nunca más confiaría en una memoria que traicionaba de esa manera. Hizo una nueva composición de lugar, y con los brazos estirados para evitar una sorpresa buscó la puerta al lado de la puerta de vaivén de la cocina donde Conchita le había comentado que estaba su cuarto. Al fin los dedos se deslizaron sobre la madera, e imitando al gato que había desaparecido, rascó con las uñas la madera. Si Conchita no estaba, podía dedicarse a vagar por otra parte de la casa. Rascó por segunda vez y coincidiendo con el rascar escuchó ruidos en la entrada principal y sus ojos percibieron el destello de una luz que se encendía. Abrió la puerta y se metió al cuarto. La luz de la calle iluminaba ligeramente la cama vacía. "Maldita sea", se dijo el abogado escalador nocturno.

—No, no puede ser así Ramón —dijo Conchita.

Una voz ronca le contestó algo imprecisable. Los pasos se acercaban al cuarto. El licenciado se metió de un salto en un armario al lado del espejo del tocador. Las voces se hicieron más audibles.

—Ella pretende manejarlo todo, y nosotros tenemos tanto derecho como cualquiera, como ella o como el coronel.

—No, mujer, no se trata de dejarnos avasallar, pero ellos lo están haciendo bien, lo están haciendo perfecto.

—Lo que ocurre, Ramón, es que eres muy servil, lo traes en la sangre —dijo Conchita abriendo la puerta de su cuarto y haciendo que el licenciado, metido en el vestidor que no cerraba bien, quedando una rendija abierta, se hiciera chiquito contra el fondo, en medio de unos vestidos de seda llenos de olanes, la cabeza incrustada en el mínimo espacio que dejaba una barra de donde colgaban blusas y un techo falso con cajas de zapatos.

Por la rendija contempló cómo tras Conchita penetraba en el cuarto el español medio duro de físico, que había reconocido en la fiesta como uno de los miembros de la partida. El tipo titubeó en la puerta como esperando permiso para pasar.

—¿Puedo entrar?

—Ay, hijo mío, no sé si podrás, eres tan miedoso —dijo Conchita.

El licenciado desde su escondrijo contempló cómo la cara del hombre se arrugaba, y una mirada de odio quedaba fija en sus ojos.

Conchita se sentó enfrente del tocador y quedó fuera del alcance de la vista del licenciado, con excepción de sus pies.

—Anda, pasmado, pasa y cierra la puerta —dijo Conchita—. Está bien que yo no sea la viuda de tus pesares, porque ella te hubiera sacado a patadas de su cuarto.

Ramón el gachupín entró y se dejó caer en la cama. El licenciado estuvo a punto de aullar. No era posible, iba a tener que ser espectador involuntario de las relaciones entre el gachupín Ramón y Conchita.

—Quítate los zapatos. Eres un guarro. No sé cómo te dejo entrar al cuarto.

—Es que te gusta joder conmigo —dijo Ramón, muy prosaico. Verdugo, dentro del vestidor, estuvo a punto de soltar la carcajada.

—Eres de lo más vulgar, hijo —insistió Conchita reapareciendo en la zona visual del enmascarado Verdugo, aunque con mucha menos ropa. Llevaba un peinador de seda blanca transparente, y Verdugo no pudo evitar que se le erizaran los vellos de la espalda ante el zarandeo de las nalgas claramente visibles a través del tul, de la secretaria y vieja conocida.

—Si no te quitas los zapatos, Ramón, te saco del cuarto.

—Perdona, pero a mí me gusta hacerlo con zapatos, ya

lo sabes —dijo el cejijunto gachupín poniéndose en pie y cediendo su lugar en la cama a la mujer, que se deslizó sobre las colchas con un rechinido de telas rozándose y haciendo pequeñas chispitas.

"Mierda", pensó Verdugo con los ojos clavados en el vello púbico de la mujer. Una mata de pelusa caracoleada con reflejos rojizos, cuya atracción se vio interrumpida por la espalda del gachupín que se interpuso entre el cuerpo de la mujer y la mirada del abogado desde la rendija del vestidor.

—Hijo mío, tú eres de alpargatas, por eso quieres hacerlo con zapatos, te da lustre, te sientes príncipe de Barcelona. Y seguro que no te quieres quitar la ropa. . . ¿Será por miedo de que alguien vaya a venir?

—¿Quién más viene aquí? —dijo Ramón que se manipulaba la bragueta.

—Nadie, hombre, ¿tú qué te crees? Ponte más lejos.

La silueta de Ramón se apartó de la cama, Verdugo pudo vislumbrar un fragmento del cuerpo de la mujer. La cintura que aún ceñía un lazo del peinador, un pecho sobresaliendo, el muslo con la cicatriz de una vieja herida.

—No, así no me gusta, déjame subir a la cama —dijo Ramón.

"La mierda", pensó el abogado, "y encima, con debate ideológico y todo. Ya podían hacerlo como todo el mundo y además rapidito."

La mujer se puso en pie. Aun descalza tenía cinco centímetros más que Ramón.

—Ahí estás bien —dijo manteniéndose a medio metro del español.

"Bueno, las cosas que tiene uno que ver", se dijo el abogado, y adoptó la actitud contemplativa de un monje, procurando que la curiosidad desviara la culpa que da el ser observador de asuntos tan ajenos.

18

UNA PUERTA CON TRUCO Y UNA PAREJA
DE CHINOS

Manterola contempló de nuevo el cadáver, leyó de nuevo la nota suicida y decidió gastarse unos pesos con el forense, porque aquello no era suicidio ni cristo que lo fundó.

—La trayectoria de la bala de arriba hacia abajo.

—O eso, o estaba chupando la pistola, amigo.

—Eso pensaba yo.

—Excoriaciones en los labios, incluso una herida en el paladar hecha con una arista. . .

—La mira del revólver.

—Claro.

—Ya lo decía yo —dijo Manterola metiéndole cuchillo a su filete. El forense hacía buen tiempo que se había acabado el suyo y se estaba comiendo todos los restos de pan que había sobre la mesa. Pioquinto lo miró severamente.

—Carajo, doctor, deje un pedazo de pan para la salsa.

—Perdone, creí que usted comía sin pan.

—Así cualquiera.

Alrededor de los dos personajes pasaban camareros endomingados oscilando las bandejas sobre sus cabezas, "como en París", evadiendo a los comensales, los vendedores de lotería, los mendigos, un vendedor de puros, dos charros con guitarrón, una cupletista, varios niños.

—Déjeme adivinar, doctor. . . Le metieron una pistola en la boca en medio de un forcejeo y luego dispararon.

—Obviamente —dijo el forense, que originalmente había sido veterinario en el ejército bajo las órdenes de

73

Francisco Coss y que ahí le había tomado gusto a los cadáveres.

Pioquinto Manterola se secó la frente con un pañuelo blanco sacado del chaleco. La ciudad sofocaba en las tardes, las lluvias se habían retrasado, quizá para siempre.

Cuando salieron de Sanborns, Pioquinto lanzó una descuidada mirada a su reloj. Tenía dos horas antes del cierre. Pensando que podía añadir algunos datos al reportaje, caminó con paso de carga hacia el hotel Regis.

Manterola caminaba pensando, angustiosamente pensando. No sólo necesitaba saber más sobre el inglés muerto, también necesitaba que las ideas se fueran convirtiendo en preguntas con futuros destinatarios, que las preguntas se hicieran palabras y que el reportaje se fuera hilvanando solo, con todo y sus tiempos muertos, subtítulos y signos de puntuación.

Si no hubiera llevado la cabeza hundida, como buscando monedas perdidas en el suelo, hubiera visto al otro lado de la calle a su amigo Tomás que cruzaba entre dos Lincolns flamantes y un viejo cabriolé de caballo herrumbroso. Tomás iba tarareando una balada irlandesa que le había enseñado hacía unos años en Tampico su amigo Michael Gold, quien por cierto no era irlandés, sino judío de Nueva York, que había venido a México en el 17 huyendo de la guerra. Iba hacia el barrio chino a comprar dos resmas de papel para *Fraternidad*, un semanario que la federación local iba a sacar en esa semana.

Tomás sabía poco del barrio chino de la Ciudad de México. Huérfano de padre y madre a los cinco años nunca había hablado chino, criado por un mestizo hasta los 10 años en Sinaloa y crecido entre mexicanos y gringos en los campos petroleros de Mata Redonda y Árbol Seco, nunca había rondado las importantes colonias chinas de la costa occidental de México, y la de Tampico la conocía desde afuera, como un intruso. Si hablaba con la l comiéndose

74

las erres, era más que nada por el placer de llevar la contraria, por imponer su diferencia. No había de saber por tanto que en esos meses se libraba en el barrio chino de la Ciudad de México, una zona de seis o siete cuadras cuyo eje era el Callejón de Dolores, una guerra entre los *tongs*, las sociedades de los comerciantes, las logias revolucionarias, los tradicionalistas de la Chi-Kon-ton y las triadas.

Sabía mucho más sobre estas extrañas historias, sin ser chino, su amigo el periodista, que en estos momentos cruzaba el hall del hotel Regis, y que quizá hubiera dejado de lado la historia del inglés "suicidado" si hubiera visto que casi al mismo tiempo que Tomás entraba a Dolores por avenida Juárez, por el otro extremo de la calle avanzaban seis miembros de las comisiones de seguridad encabezados por el jefe Mazcorro y el comandante Lara Robelo dispuestos a allanar un casino clandestino.

Pero ni Manterola se enteró ni Tomás se dio cuenta. De manera que la primera noticia que el chino tuvo de que estaban sucediendo cosas anormales fue cuando salió de la papelería La Oriental con dos cajas de papel sujetas de una cuerda, y cayó a un metro de él un hombre de unos cincuenta años que había saltado de una ventana. Los mirones aplaudieron el salto y sus aplausos se confundieron con varios tiros de revólver que salían de la casa.

Tomás podía ser ajeno al barrio, pero era asiduo visitante de la violencia, y al escuchar los primeros disparos se apoyó en la pared y se cubrió tras las dos cajas de papel. Desde ahí pudo ver cómo Mazcorro sacaba a empujones a un chino que mostrando un billete de cincuenta pesos gritaba: "Yo paga, señol, yo paga", sin que le hicieran mucho caso. Tomás, decidido a que los únicos líos que le gustaban eran en los que se metía por causa del libre albedrío, las ideas y el mal humor, apresuró el paso cargado con sus bultos para salir de allí cuando sintió que alguien lo tomaba firmemente del brazo.

—Sáqueme de aquí —dijo ella—. Por favor, sálveme. Sáqueme de aquí.

Tomás la miró fijamente y luego comenzó a caminar con la muchacha prendida a su brazo. El olor de un penetrante perfume de violetas llenó su nariz y lo obligó a fruncir el ceño.

En ese mismo momento, el periodista Pioquinto Manterola también fruncía la nariz, aunque sólo metafóricamente.

—¿Usted insiste entonces que la puerta estaba cerrada por dentro?

—Yo estaba junto con el coronel cuando la tuvieron que tirar, y él luego luego se fijó y nos hizo notar que en la puerta, por el lado de adentro, estaba la llave todavía prendida —dijo el empleado del hotel.

—¿Tiene usted dos llaves de un cuarto?

—Desde luego, caballero, ¿qué quiere hacer?

—Un experimento científico —dijo el periodista tomándolo del brazo e impulsándolo.

—Ésta misma, si usted quiere; el huésped debe tener la suya y yo tengo la maestra.

Manterola golpeó suavemente la puerta verde pálido adornada con unas grecas doradas.

Un rostro sonrosado y mofletudo, rodeado por una barba en arco sin perilla ni bigote, se dejó ver.

—*L'acqua non è calda. Mi parti degli ascingomani, sapone.*

Manterola le mostró al personaje su mejor sonrisa y lo empujó suavemente hacia el interior del cuarto.

—A ver, su llave, caballero —dijo haciéndole señas para mostrar lo que quería.

—¿*Desidera la mia chiave?*

—Y usted ponga la suya de ese lado —le dijo al empleado del hotel—. Eso, hágala girar. Ve, la otra no se cae. Puede cerrar por fuera con la llave interior puesta. Eso se debe a la longitud de la cerradura.

—¿Cómo se dio cuenta? —dijo el empleado.

—Porque antes de ser periodista fui cerrajero. . . Por cierto, ¿cómo se llamaba el capitán ése?

—Es el coronel Gómez, sabe usted. Cuando llegaron los gendarmes él se acercó. Había estado tomando unas copas en el bar con unos gringos. . .

—*La mia chiave, per favore.*

—Muy amable —dijo el periodista haciéndole una media reverencia al mofletudo caballero y retirándose de la puerta. Pero sus pensamientos ya no estaban allí.

Cuando salió a la calle, la cabeza le daba vueltas de tanto pensar. Casi sentía el humo flotando sobre la calva, y para disimular el humo inexistente, para ocultarlo de miradas también inexistentes, encendió un panatela y cruzó Juárez, sólo para darse de boca con su amigo Tomás, que apenas si podía caminar con dos enormes bultos de papel y una bellísima muchacha china, vestida con un cheongsam azul celeste en el que había bordado un dragón, colgada de su brazo.

19

LOS PERSONAJES JUEGAN DOMINÓ Y PIENSAN QUE EL ARCÁNGEL SAN GABRIEL LOS LLAMA A LA INTERVENCIÓN

Cada vez las partidas se hacen más difíciles, cada vez la trama extraña que los cerca, rodea de palabras la mesa de mármol y bloquea la concentración. El dominó nació para jugarse platicando. Una plática incoherente, alusiva al juego pero imprecisa. Se habla pero no se dice, para no violar la regla de silencio; se engaña un poco, se bromea mucho, se juguetea con las palabras; pero no se permite que las palabras guíen, manden y ordenen. Por eso no puede ser buena una partida en la que danzan sobre las fichas de hueso tres asesinatos, una china rescatada, la narración de un coito extraño, y el ruido de la lluvia en la calle Madero.

Aun así, los personajes hacen su mejor esfuerzo. Tratan de no perder el hilo de esta esquizofrénica noche. El cantinero los nota irritables, tensos, y lo atribuye a la lluvia, a la huelga inquilinaria que azota la ciudad, al desempleo creciente, a los resultados de las carreras, a una pertinaz epidemia de influenza. . .

—Sin querer saber, sabemos demasiado, ¿por qué no nos dedicamos a saber más? —pregunta el poeta.

—Su turno, caballero.

Manterola, que había jugado sin dar color las dos primeras vueltas, para pulsar cómo venía la partida, ataca con los cuatros. Esta noche, él y Verdugo juegan de compañeros, y ya se sabe cómo serán las partidas: agresividad del chino y del poeta contra capacidad para escurrirse y malicia del abogado y del periodista. En un día normal los segundos ganarían 6 de 10, hoy no es un día normal y van perdiendo desde que se sentaron.

—No es que yo abogue por la normalidad, válgame Bakunin, como diría Tomás, pero fue una de las relaciones más extrañas que he visto. ¿Será porque no veo muchas más que las mías y éstas me parecen normales? El caso es que ahí los tienes, teniendo un intercambio sexual a un metro de distancia y con un mirón.

—Sería porque el gachupín no se lava las manos y ella no lo quiere —dice el poeta, mientras enfrenta los cuatros con los doses.

—No, de manos no dijo nada, pero el gachupín no se quería quitar los zapatos.

—Todo clarísimo —dice Tomás sonriente—. Si no te quitas los zapatos, lo menos, a un metlo de distancia.

—¿Y no lo salpicaron, mi buen? —dice el poeta tratando de desconcertar al licenciado Verdugo, que aunque lo cuenta sardónicamente, no deja de estar ciscado por la experiencia.

—Sólo moralmente, mi estimado bardo, sólo moralmente.

Manterola duda, luego insiste en los cuatros. Está arriesgando que Tomás cierre el juego y él se quede con el seis/cinco y la mula de cincos en la mano.

—Aquí nuestlo peliodista anda de suicida —dice Tomás y cierra.

—Mierda, ya lo sabía —responde Manterola a la debacle, y trata de disculparse con Verdugo sirviéndole una copa de habanero—. Ni modo mi licenciado mirón, no todas salen.

—Lo que me preocupa es que, en este caso, no todos meten.

—Bueno, y al margen de haber aumentado su cultura en esto de los coitos telegráficos, ¿se enteró de algo más? —pregunta el poeta, mientras se levanta de la silla y se estira.

—De nada, maldita sea, de nada. Y me pasé cinco horas ahí metido. Todavía al cerrar los ojos siento un gancho para la ropa que me vigila.

—Nos pasamos unas buenas horas esperándolo, luego, ante la sorpresa del cantinero, suspendimos. Creo que es la tercera vez en dos años que pasa tal cosa. Una vez que Tomás estuvo en la cárcel como una semana, otra vez cuando me atropellaron, y ahora ésta —dice Manterola sintiéndose orgulloso cuando recuenta la constancia del grupo.

Verdugo revuelve las fichas con un ruido monótono, dormilón.

—¿Y quién era el muerto que obligó a nuestro amigo el coronel Gómez a hacer trucos de magia con la puerta? —pregunta el poeta.

—Un inglés, un inglés de las compañías petroleras, un ingeniero según entiendo, de El Águila, que venía en viaje de negocios.

Tomás levanta la cabeza de las fichas. El Aguila es su propiedad en el terreno de los recuerdos. Así como la División del Norte le pertenece al poeta, las haciendas porfiristas al abogado y los crímenes sangrientos al periodista, El Águila es suya.

—Un tal ingeniero Blinkman. No me dio tiempo a meterme más adentro; para esta edición sale la historia del suicidio que no fue suicidio.

—¿Y sugieres algo de que el coronel ayudó a la simulación con lo de la llave? —pregunta Verdugo.

Los cuatro jugadores retiran sus fichas en orden del centro de la mesa, cada quien con su estilo. El poeta las agrupa y presionando por las esquinas las levanta en un bloque. El licenciado las alza una a una y las coloca sin orden, tal como las va levantando, Manterola las pone acostadas, y Tomás se pasa el primer minuto ordenando su juego.

—No, calladito por ahí. La verdad es que sólo me limito a desenmascarar en la crónica el fraude del suicidio, pero no me atrevo a meterme más en la historia. De repente sentí que se trataba de algo que no me pertenecía, que era propiedad de las noches y de esta mesa, caballeros. . .

—Los caballelos tienen caballo. . .

—Cierto Tomás, nosotros nomás de infantería —dice Verdugo.

—Pero no lo hagan a un lado, el rompeteclas tiene razón —dice el poeta rascándose el bigote con el índice—. Esta historia nos pertenece por todas las esquinas. Mío es el trombonista asesinado. . .

—Mío el suicida que no es suicida, petrolero e inglés, la viuda y el coronel que se tiró del balcón. . .

—Mío es el salón de la viuda de Roldán y las relaciones del gachupín Ramón con la secretaria Conchita —dice Verdugo. . .

—Y soy el que menos tengo, sólo deudas de sangle con el colonel Gómez —dice Tomás.

—¿Y la china que rescataste?

—Homble, eso selía mucha casualidad, camalada; mucha ya, hasta demasiada pala esta histolia. Muchacha solitalia y huélfana, aplovechó el caos cuando la policía entló al salón de juegos y escapó. Ella esclava pol deudas, y estaba halta de maltlatos. Histolia vulgal como velán.

—¿Está seguro de que no tiene nada que ver con esto? —dice el periodista y pone una blanca sobre la salida del poeta—. Yo ya no sé qué creer. Todo se junta, todo parece unido. ¿Ustedes creen en el destino?

—Yo debelía, soy fatalista y oliental, ¿no?

—En serio, Tomás, ¿usted cree en el destino? —pregunta el periodista.

El juego se interrumpe un instante, los cuatro jugadores se contemplan. El bar del Majestic está vacío, hace media hora que las puertas de vaivén no se mueven. Ellos y el cantinero son los propietarios de ese lugar y de esa noche, y excluyendo al cantinero, ellos y esa mesa de dominó son los propietarios de los retazos de una historia que gira en torno a la casa de la viuda de Roldán.

—No. Cleo en la casualidad, y cuando es mucha cleo que hay que salile al paso.

—Yo creo en todo a estas alturas —dice el poeta—. Creo que el arcángel san Gabriel quiere involucrarnos en algo y nos anda mandando señales.

—Y ¿por qué el arcángel san Gabriel?

—Porque como no creo en dios, a alguien tenía que atribuirle el que nos estuviera enviando mensajes.

—Va a llover toda la noche —dice el licenciado Verdugo, y sus palabras son la señal para que la partida se reanude.

Un poco a rastras, las fichas se van moviendo sobre la mesa impulsadas por los dedos repentinamente ágiles de Verdugo.

—Que conste que las revuelvo porque usted tiene muy mal pulso y no las mueve con cadencia —le dice el licenciado a Pioquinto Manterola que piensa en la china de Tomás Wong.

—¿Dónde la metiste, Tomás?

—En mi casa. Humilde casa, como dice el chino de las novelas.

—¿Hay romance, joven y apuesto oriental? —pregunta el poeta—. Sin ánimo de inmiscuirse en vida ajena. . .

—No sé, ilustle baldo, pol ahora compaltimos cualto y desayuno.

—¿Y su nombre?

82

—Losa López.

—¿Losa López?

—Rosa López, supongo —dice Manterola.

—Ah, qué bien, otro enigma para esta noche —dice el poeta poniendo el doble cuatro y guardándose los últimos tres en su juego.

20

CHURROS Y AGRESIÓN NOCTURNA

Después de salir de la churrería donde cenaron, el poeta
se había quedado ligeramente retrasado, meando plácidamente contra un farol. Los cuatro personajes estaban a
punto de separarse. Manterola estaba a unas cuadras de
su casa y Verdugo pasearía durante un rato hacia el sur,
mientras que el poeta y el chino caminarían hasta Tacubaya donde Tomás tomaría el primer tranvía que saliera
rumbo a San Ángel.

—Vamos homble, que no es pa tanto —le gritó el chino
a Fermín.

El poeta vio los faros de un automóvil que daba la vuelta en Gante y se dirigía hacia ellos, y guardó su preciado
instrumento con rapidez, procediendo a abrocharse los
cinco botones que un sastre meticuloso había puesto en la
bragueta del pantalón.

El coche pasó dejando al poeta en las sombras, pero
frenó unos metros más allá de donde Manterola estaba
encendiéndole un puro al licenciado Verdugo.

Tomás fue el primero en reaccionar.

—¡Cuidado! —gritó y tiró de navaja.

Del coche dos hombres enmascarados descendieron al
mismo tiempo por las puertas traseras. El grito del chino
había advertido a sus compañeros y Verdugo, sin dudarlo,
dejó su puro a medio encender mientras se arrodillaba y
sacaba su automática.

Manterola, más lento de reacción que su amigo, no se
dejó caer sino cuando la quemadura en la pierna y el so-

nido del disparo lo alertaron de que estaba siendo blanco de los desconocidos.

Desde atrás de su farol el poeta descargó la 45 de cañón largo, que sonó en la noche silenciosa como un cañonazo. Su bala pegó en la carrocería del coche y de rebote le deshizo la mandíbula a uno de los enmascarados, el paliacate rojo que le cubría nariz y boca se ensangrentó sin mostrarlo. El segundo enmascarado disparó tres tiros consecutivos contra Verdugo que le respondía mientras de rodillas ejecutaba un extraño ballet, tratando de cubrirse tras una jardinera que se encontraba a un par de metros a su espalda. Las balas sacaban esquirlas de la pared del banco y oyó el peculiar sonido de una cristalera desmoronándose. Una de las balas le perforó limpiamente la palma de su mano izquierda, y otra lanzó su sombrero a volar.

Manterola, en el suelo, desenfundó una Browning calibre 25 automática y, aunque sus lentes estaban rotos, le vació el cargador al coche tirando al bulto y con bastante buena fortuna.

El hombre enmascarado miró de reojo a su compañero tirado en el piso, quien producía ruidos muy extraños a través de su mandíbula destrozada, y sintiendo que le llovían plomazos por todos lados, salió corriendo mientras disparaba a tontas y a locas las dos últimas balas que le quedaban en el revólver, matando a un perro que observaba desconcertado el tiroteo desde una azotea.

El enmascarado que corría desenfrenado se detuvo en la esquina para recargar y ver si lo seguían y en ese momento la navaja de Tomás, que lo perseguía, se le clavó en la garganta haciéndolo gorgorear sangre a través del pañuelo que se le había ladeado.

Las luces de los departamentos comenzaron a encenderse poco a poco, aumentando la iluminación de la calle progresivamente. El poeta llegó hasta el coche y pateó en la cabeza al enmascarado del paliacate ensangrentado que dejó de moverse. Sobre el volante había un tercer hombre, con una de las balas de la pistola de Manterola atravesándole la cabeza. El poeta sacó la llave de ignición para que el motor dejara de ronronear.

Entonces el silencio fue total.

El periodista y Verdugo contemplaban sus mutuos desperfectos.

—La mierda, debo tener el hueso roto. A ver si no me quedo cojo para siempre —dijo el periodista mientras se hacía un torniquete en la pierna con el cinturón.

—Pues lo que es yo, voy a tardar un tiempito en poder mover las fichas de dominó —respondió el licenciado Verdugo.

—¿El suyo, Tomás? —gritó el poeta.

—Difunto —respondió el chino que limpiaba la navaja en el pantalón del muerto antes de cerrarla.

—Este a lo mejor todavía hace gestos —dijo el poeta señalando al cuerpo caído cerca de la portezuela.

Por la esquina de Gante aparecieron dos gendarmes a caballo; y un par de putas (por cierto, amigas de Verdugo) se animaron a acercarse al lugar del tiroteo.

—Usted —dijo Verdugo a un hombre en camisón que contemplaba todo desde un segundo piso—, pida una ambulancia, si no le resulta molesto.

Unos minutos después sonaban las campanillas de la ambulancia, que al poeta le recordaron la forma como en Zacatecas se avisaba de que habría corrida de toros.

La calle se encontraba totalmente iluminada, haciendo parecer a ese pedacito de la ciudad un reducto de la fiesta.

86

21

UNA SEMANA BASTANTE SONSA

La siguiente semana fue un tanto absurda. No pasó nada. Bueno, casi nada. El poeta recibió el encargo de hacer la publicidad de la Cia. de Colchones de Torrelavega (*Sobre estos colchones se siente uno en una carroza celestial* — rechazado; *Hasta su esposa mejora sobre un colchón Torrelavega* —rechazado; *Los colchones mexicanos sí saben acariciar la espalda de un mexicano* —aprobado)y se llevó un buen montón de billetes al bolsillo tras sufrir varias noches en su cuarto con la frase clave de la campaña y montones de textos para prensa, carteles, anuncios, y así.

El chino Tomás se vio involucrado en la huelga de La Abeja y no se le vio en su casa durante seis de los siete días. Manterola fue internado en un hospital privado y el periódico le pagó una buena plata por el artículo del encuentro a balazos (REPORTERO DE *El Demócrata* TIROTEADO). Durante los siete días no escribió más que un artículo que le sirvió en bandeja su amigo Verdugo (dictado a una secretaria que le mandaron del diario), quien con todo y la mano vendada se las agenció para meterse en una divertida historia burdelera.

No hubo juegos de dominó y por tanto los personajes no pudieron poner la situación sobre el tapete ni recontarse el tiroteo.

Verdugo y Manterola lo hablaron un poco en el hospital donde el periodista se estaba reparando la pierna, y a su vez el poeta lo comentó con Manterola, al que fue a visitar y con el chino al que se encontró en un tranvía.

Curiosamente, ninguno de los tres atacantes sobrevivió, y los cuatro personajes se enteraron por la prensa de sus identidades, mismas que les fueron confirmadas en un interrogatorio que tuvieron por separado ante Mazcorro, el jefe de las Comisiones Especiales. Éste habló con Manterola en el hospital y con Verdugo en la Cruz Roja, y al día siguiente se entrevistó con el chino y el poeta en su oficina.

Sin haberse puesto de acuerdo los cuatro personajes narraron la historia igual, y se negaron a ofrecer más información. A los: "¿quiénes tendrían interés en asesinarlos?, ¿están ustedes metidos en algún problema?, ¿tienen enemigos personales?", los tres negaron. No hacía falta ponerse de acuerdo para estarlo. Era un asunto privado entre ellos y los que habían mandado a los tres tipos. En las declaraciones también se omitieron algunos detalles, por ejemplo, la patada que le dio en la cabeza el poeta al enmascarado que tenía un tiro en la mandíbula o el hecho de que estuviera meando cuando se inició el tiroteo. Aquello también era privado.

Tácitamente, los cuatro personajes decidieron posponer comentarios y averiguaciones. La vida seguía de otras maneras.

Así, no le siguieron la pista al coche robado que los tres asaltantes traían, no se preocuparon por saber a quién frecuentaba *El Gallego* Suárez (el muerto al volante del coche), o qué relaciones podía tener Felipe Tibón (el muerto de la esquina con la garganta acuchillada). Del tercer muerto, que no fue identificado, ni el nombre supieron.

Las cuatro conversaciones que Mazcorro mantuvo con los protagonistas no tuvieron mayor importancia. Quizá la más interesante fue la que tuvo con el periodista, aunque la más breve, porque Manterola estaba bajo efecto de calmantes y tenía ganas de fumar. Ahí el periodista se enteró de que el inglés que no se había suicidado tenía un compañero de cuarto que andaba desaparecido, y que el Águila exigía que la situación se investigase porque los dos hombres venían a México con un millón de pesos en acciones al portador, para hacer una importante transacción comercial. El periodista tomó nota de que debería de tomar nota del nombre del compañero de cuarto y meter la cabeza más a fondo en aquel asunto, pero el no tener tabaco le preocupaba mucho más, y terminó olvidándose.

Fue una semana bastante idiota, aunque por motivos diferentes, bastante agitada para el chino Tomás Wong y el licenciado Verdugo.

22

TRABAJOS QUE DAN DE COMER

Podía parecer contradictorio, pero no había tal cosa. Lo
que en origen pareciera la autodegradación de su derrui-
da estirpe porfiriana se había convertido en el placer de
lo efímero.

Bien podía decir que en un país en el que un millón de
muertos atestiguaban una Revolución harto confusa, había
sobrado espacio para la defensa de damas de la noche.

Sus "damas de la noche" eran una abigarrada *troupe*
de faldas revoloteando, sombreros de moda, abrigos, raídos
chales y mantillas españolas que tuvieron mejores días.
Del colorete de las muchachas que vivían vendiendo horas
de cuerpo a cambio de compartir miseria ajena, a las ale-
gres coristas que no tenían prisa en quedar prendadas de
un oficial o un tendero próspero, en vías de más próspero,
de origen español, toda la gama era objeto de la solícita
ayuda profesional del abogado Verdugo, quien atendien-
do en oficinas construidas por el giro del ala de su
sombrero y una mesa prestada (en cantinas, cafés, salones
de té, antesalas de prostíbulo, trastiendas de licorería o
camerinos de teatro), extendía la sonrisa de su compren-
sión y la sabiduría de su formación profesional.

Esto pensaba de su función social el licenciado Verdugo, mientras leía en voz alta la versión que su amigo Pioquinto Manterola había escrito de su intervención en la
dramática historia de María de la Luz García.

A saber:

"Creció huérfana y sola en un hogar de pobrezas al

cuidado de una tía suya de nombre Francisca Jurado. En el lento resbalar de las horas de una existencia anodina, sin afectos ni alegrías, sin tener en quién depositar el tesoro de ternuras de su madre muerta, sufría la chiquilla silenciosamente las golpizas de la harpía digna de los crayones macabros de Toulousse, que le cedía un rincón en su casa y un pedazo de pan, mas no a título de un espontáneo sentimiento de conmiseración para con la huérfana sino pensando en el día en que *ese montón de carne y huesos* que ocupaba un sitio en su casa y le restaba un poco de las migajas se convirtiera en *cosa productora*. Así, un día la señora entregó a su sobrina a la casa de Ema Figueroa, mujer de belleza deshecha por el tiempo, que regentea en el corazón de la aristocrática colonia Roma una casa de placer insano. María de la Luz fue inmolada en sacrificio en una fiesta dada a un *pudiente* personaje, y de allí, sin quererlo y sin poder huir, hipnotizada a sus quince años, vistió de seda y sirvió de manjar a los que pudieran pagar la tarifa a su patrona.

"¿Es esto prostitución? O es más bien la alevosía de la sociedad, que no permitió conocer a esta niña sus derechos y la hundió en el abandono y la corrupción.

"Para su fortuna, hace unos días, la muchacha conoció al licenciado A. Verdugo, quien enterado de que se encontraba en el prostíbulo forzada por las circunstancias, armado de una pistola de cañón largo la rescató de las garras de sus vigilantes.

"Éstos, ni tardos ni perezosos y pensando en las influencias que cuentan en la Décima Delegación de Policía, acusaron al conocido abogado de secuestro de una menor. Pero no sabían con quién trataban.

"El licenciado Verdugo, de quien algunas veces nos hemos ocupado en este diario, narró con tal vehemencia y veracidad el caso ante el comisario Ponce, que éste no sólo retiró la demanda sino que mandó encarcelar a la citada señora Figueroa y a un lenón amigo suyo apodado El *Vivorillas*, que le actúa como guardaespaldas.

"No quisiéramos dejar aquí esta historia sin decir que María de la Luz García (éste es evidentemente un seudónimo para proteger a la inocente muchacha) trabaja ahora en una casa comercial muy acreditada en la capital."

—¿Qué tal, María, cómo lo pintan?

—No cuentan cuando incendiaste la casa de doña Ema.

—Eso fue anónimo —dijo Verdugo encendiendo un puro jarocho y poniéndose un mezcal en la copa vacía, mientras veía la luz de la tarde infiltrarse por las ventanas y dibujar manchas blancas en la piel huidiza de la mujer desnuda que trajinaba en los alrededores de la cama.

—No era para tanto, yo sólo quería irme, y aquella bruja no me dejaba. No tenía intenciones de dejar de acostarme con quien me apetezca —dijo la muchacha.

—Lo que pasa es que los periódicos todavía son muy puritanos, y que Manterola tenía que llenar su columna. . . Además lo tuyo era un problema de independencia, y yo estoy por la verdadera independencia. Desde luego, entre la casa de doña Ema y "una casa comercial muy acreditada en la capital", no hay mucha diferencia. . . Yo prefiero tu casa —dijo Verdugo tratando de mover los dedos de la mano vendada.

—Tampoco dicen nada del dinero que sacaste detrás del cuadro en la casa de la Figueroa.

—Eso es a cuenta de honorarios, hija mía, y los honorarios de un abogado, como sus servicios, son confidenciales.

—Pues serán confidenciales, pero habría que repartirlos con la clienta, ¿no?

—No faltaba más, señorita —dijo Verdugo, sonriente; pero su sonrisa es agria. El personaje que se ha inventado, que se llama como él, que se pone sus trajes, usa su sombrero y luce su herida, no le acaba de gustar. Verdugo coincide con Manterola que uno vive durante el día una autobiografía que escribe en las noches previas. Por eso hoy siente que alguien se ha equivocado de libro, aunque la luz que se escabulle de la persiana entrecerrada dibuje imágenes bellísimas en la piel de la mujer desnuda.

23

CONFUSOS ADANES

Manterola va a cumplir 39 años en un cuarto de hospital (Hospital la Iluminada, Indianilla, cerca de los talleres de la compañía de tranvías), en un cuarto doble que comparte con un albañil moribundo y con la sensación de que la pierna, a pesar de lo que dicen los doctores, no va a quedar del todo bien, y el fémur nunca va a soldar como debiera.

Manterola va a cumplir 39 años y la tristeza que es inherente a los cumpleaños que siguen a los 35, a las horas que siguen al parto, a las victorias inútiles y a las grandes derrotas, lo inunda.

Y cuando llega la tristeza de los cumpleaños, los periodistas de nota roja tienden a ponerse trascendentes y a revisar la vida como si fuera un cajón de deudas incumplidas, propósitos no rematados, ilusiones moribundas, amores desperdiciados.

En un pulido tubo cromado ve el reflejo de su calva, y para neutralizarlo se quita los lentes, piensa en los cigarrillos que tiene ocultos debajo de la almohada y en un manuscrito de una novela que tiene oculto bajo otra almohada (la de su casa y su cuarto). La visión de la calva queda neutralizada, pero la tristeza no se va así como así. La tristeza es pegajosa, tiene mucho de autoconmiseración y de melancolía bobalicona. A Pioquinto Manterola se le salen dos lágrimas y con la vista fija en la pared blanca, las deja resbalar.

—¿Me permite? —dijo la voz de la mujer cuando su cuerpo ya había iniciado la entrada al cuarto. Manterola se secó sin prisa las dos lágrimas y la observó: la ha visto un par de veces y ha tenido su foto un buen rato en las manos. Viste de negro igual que en veces anteriores, trae una gran pamela de alas voladas, que hace por contraste que la palidez del rostro sea brillante y no opaca. En el cuello, una gargantilla con una esmeralda en el centro. Lleva una falda negra ceñida y casi al suelo, y una blusa blanca, cubierta por una toquilla bordada en negro.

—¿Puedo poner las flores aquí? —dijo Margarita Herrera viuda de Roldán y sin pausa comenzó a preparar un vaso, poniéndole agua de una palangana desportillada. Las flores eran media docena de tristes magnolias, fragantes y abiertas. La mujer, de espaldas al periodista, dejó escurrir los segundos arreglando las flores, mientras éste la observaba y ella se dejaba observar.

—¿Y a qué se debe la visita, señora? —preguntó Manterola sacando de abajo de la almohada un cigarrillo. Era la mejor ocasión para fumarlo.

—Le dije que nos volveríamos a ver —contestó la mujer dando la vuelta.

Buscó dónde sentarse, y optó por la propia cama a los pies del periodista que se apresuró a informar:

—Por favor, del lado izquierdo, la derecha todavía no está bien.

La mujer obedeció y tras sentarse señaló hacia la cama del agonizante preguntando sin palabras.

—Es un moribundo, lleva ya varios días en estado de coma, desde que me trajeron aquí. Según me dijeron era un albañil que se desplomó de un cuarto piso. Ya no volverá de sus sueños.

Durante algunos segundos, el periodista y la mujer se miraron fijamente. Él, tratando de encontrar en esa mujer otra mujer perdida hacía mucho tiempo, ella, buscando algún intersticio por dónde colarse en el alma de Pioquinto Manterola, o quizá, por motivos mucho más prácticos, buscando un ángulo para iniciar la conversación.

—Sé que le va a parecer muy absurdo, señor, pero quiero decirle que yo no tengo nada que ver con lo que le sucedió a usted y a sus amigos —dijo la mujer optando por el camino recto, mientras dejaba caer la toquilla de los hombros.

—¿Y a qué se debe esta confesión? —preguntó el periodista dispuesto a no dar nada sin recibir algo a cambio.

Margarita tenía los ojos violetas, y todo su rostro giraba en torno a ellos y a la intensidad de su mirada.

—No sé qué tanto sepa respecto a mí o a mis amigos, pero le quiero asegurar que no hemos tenido nada que ver con el atentado.

—¿Está usted segura?

—Absolutamente. Vine hasta aquí para decírselo y que a usted no le cupiera duda. No niego que ha habido algunos roces. O que su presencia ha sido un tanto inoportuna. O más bien, que su curiosidad hacia mí ha despertado recelo en mis amigos, pero de eso a intentar asesinarlo, muy lejos se encuentran. . .

Manterola se irguió en la cama, tomó la mano de la mujer y sin separar la mirada de los destellos violetas de sus ojos, la besó.

—Debimos habernos conocido hace algunos años, señor —dijo Margarita y dejó que su vista vagara por el cuarto hasta quedarse tercamente amarrada a las flores que comenzaban a llenar con su olor la habitación.

—Siempre se puede reparar un error tan grande, Margarita. . . ¿Me permite que la llame así? —dijo.

—Así me llaman mis amigos —Manterola seguía erguido en la cama a pesar de que la herida de la pierna comenzaba a emitir unos pequeños latidos acompañados de la punzada del dolor, y no soltaba la mano de la mujer que se había visto obligada a inclinarse hacia él para disminuir la tensión de los cuerpos.

—¿Sabe usted qué es lo más ingrato de este oficio mío de periodista? —y sin esperar respuesta prosiguió—. Que le embota a uno los prejuicios en nombre de la curiosidad. Que le hace a uno olvidarse de todo a la busca de la verdad. . .

—Es difícil saber la verdad. . .

—De la verdad o de cualquier cosa que se le parezca; de las mejores apariencias, de lo que cada cual cree que pasó. . . En fin, acepto versiones. . .

—Me lleva usted a un terreno peligroso, señor periodista.

—Sus ojos me tienen desde hace rato en el mismo terreno, Margarita.

Ese diálogo con sabor a folletín interminable comenzaba a divertir al periodista, que suficientemente leído de Dumas hijo, Montepin y, si le apuran un poco, Víctor Hugo, sacaba de su memoria el arsenal de frases y modos.

—En su crónica no relata usted quién mató a los tres asaltantes. . . ¿Fue usted? —dijo la mujer soltando su mano y retirándose un poco.

—Lamento desilusionarla, si maté alguno fue por accidente, se me habían caído los lentes al suelo al iniciarse el tiroteo y tiré al bulto que me parecía más grande, el automóvil. . . por cierto, usted tiene un Exeter, ¿verdad?

La mujer lo miró fijamente, y tras confirmar que el moribundo no se había movido durante toda la conversación y permanecía cara a la pared y con los ojos cerrados, dejó que la toquilla cayera sobre la cama.

En aquel gesto aparentemente inofensivo Manterola adivinó, gracias al instinto que le proporcionaba haber trabajado muchos años en medio de situaciones fuera de lo habitual, que la mujer se desnudaría frente a él.

Mientras el periodista sacaba de la nada aquella intuición, a muchos kilómetros de ahí, llanos mal sembrados y terrenos baldíos por medio, en el pueblo de Contreras, aledaño a la capital, Tomás Wong comía huevos con chorizo manufacturados por Rosa López Chang, antes de irse a trabajar.

El chino vivía en una casa miserable de planta baja, que tenía dos cuartos, y cuyo baño estaba afuera, teniéndolo que compartir con los vecinos de la casita de al lado. Había colocado en uno cama y libros, fotos, recuerdos, una mesita y una silla, mapas en la pared, periódicos nuevos y viejos. En el otro estaba la ropa, colgada de un palo de escoba vieja que había aserruchado; una mesa un poco mayor y la estufa.

Entre Rosa y él se había creado una cierta intimidad, la que da dormir juntos, pero no habían logrado sortear sus mutuos muros de silencio. Tomás, con muy pocas palabras, le había explicado las escasísimas reglas del juego: no interrumpir en las reuniones del grupo anarquista que se encontraba una vez por semana en la casa del chino atestando los dos cuartos, ocupando las tres sillas, la mesa, la cama, acabando con el escaso café y llenando de humo todo. No dejarse ver demasiado por el rumbo, no fuera a ser que los "propietarios" de la muchacha la encontraran. No sentir que debía nada, que le debía a él. Rosa, tan dada al silencio como Tomás, había escuchado las tres recomendaciones y sugerido que él le cediera una esquina del cuarto para hacer esencias, que luego podrían vender en alguna perfumería, y ayudar a pagar gastos. Hasta ahí todo bien. Quedaba el problema de que había una sola cama y que durante cuatro horas de la noche la compartían. Tomás trabajaba en un turno mixto de 11 a 7, y compartían la cama de 3 ó 4 de la mañana a las 7 y media en que Rosa se levantaba.

No era por falta de imaginación, incluso sin acuerdo previo habían dormido por riguroso turno cada uno con los pies en la cabecera, colocados al lado de la cabeza del otro. Pero el problema es de origen práctico. Tanta sabiduría erótica genera un pie ante los ojos de uno, como puede hacerlo un rostro, y Tomás soñaba que mordía los pequeños dedos. De manera que en los últimos días se dormía poco y mal en aquella casa de Contreras durante las 4 horas de turno de cama compartida.

Mientras el periodista pensaba que de un momento a otro la viuda iba a desvestirse frente a él, y Tomás pensaba amorosamente en los dedos del pie de Rosa, en el barrio de Tacubaya el poeta estaba sentado sobre su cama escuchando extasiado las explicaciones de "Celeste la enigmática".

—. . . fuerza interior. Dezenvuelta ¿ve?. . . ¿Uzted cree en el magnetizmo? Ez científico —dijo la mujer. Era un poema de la diferencia. De unos 30 años, pelirroja, un poco bizca, zipizape, con pechos desbordantes (¿el derecho más grande que el izquierdo? se preguntaba el poeta ¿o era un problema de perspectiva?), un par de piernas soberbias por lo que se veía de la derecha cuya media corrida había encarcelado la mirada del poeta, que sacudía vehemente la cabeza a las explicaciones de la mujer fumando recostado sobre las obras completas de Voltaire.

—Ez abzolutamente científico. Ondaz eléctricaz de mi mente hacia la zuya. Entoncez todo estriba en cuález zon 'máz potentez.

La mujer se había presentado de improviso, sonriente, arrastrando su chal lila sobre las sillas cubiertas de polvo, papeles y vasos sucios, hasta dejarlo con descuido sobre una palangana llena de tequila donde el poeta se había desinfectado hacía un par de días un corte en la pierna que se había hecho con los cristales rotos de una vitrina durante el tiroteo.

Se había presentado como Madame Zuárez y sin agua va, tras confirmar que su interlocutor era el poeta Fermín Valencia, le había largado el rollo.

—Y éze ez zólo un azpecto del azunto. Hay fuerzaz que uzted y yo no podemoz ni vizlumbrar. ¿Usted cree en Dioz?

El poeta negó.

—Pero cree en laz fuerzaz de la naturaleza.

El poeta negó de nuevo, muy serio, y arrojó el humo al techo del cuarto.

—Dezde luego cree en la ciencia, en el penzamiento científico.

El poeta negó de nuevo y se permitió una mirada turbia.

—¿Uzted cree en algo? Claro, qué tontería eztoy diciendo.

—Tiene usted levemente corrida la media, señorita —dijo el poeta y con el dedo índice, suavemente, recorrió el desperfecto en su longitud.

Entonces creyó imaginar que la pierna vibraba al contacto, y empezó a pensar que después de todo el *magnetizmo* sí podía ser algo digno de creer.

—Ji, ji —dijo la mujer apartándose un poco del dedo investigador del poeta y quitándose con la mano derecha un rizo pelirrojo que se había deslizado coquetamente sobre el rostro.

El periodista dirigió una mirada cautelosa hacia el moribundo albañil y confirmó que el hombre se iba metiendo en la muerte con los ojos mirando hacia la pared, ojos sin luz, pensaba, que miraban a otro lado. Tranquilizado por eso, se concentró nuevamente en la viuda que desabrochaba la blusa sin vérsela, mecánicamente, mientras su sonrisa se iba abriendo como las flores puestas en el vaso. Una sonrisa, se dijo el periodista, que solía improvisar este tipo de definiciones, por motivos profesionales, que tenía dentro de su enorme belleza un resabio de crueldad.

—Tomás, podemos dormir juntos, ¿tú sabes?, tú sabes, juntos, sin tener que estar escondiéndonos uno del otro en la misma cama. . . Si hubiera dos camas en este cuarto, también te lo diría —dijo Rosa mirando fijamente al chino, que masticaba despacio sus huevos con chorizo.

—Míreme fijamente a los ojoz —dijo Celeste al poeta—. Míreloz intenzamente, tratando de ver en elloz un lago, un mar azul.

Pero los ojos de la viuda Margarita eran violetas y bajo la blusa blanca su piel era más blanca aún.

—¿Estás segula?

—Un océano en calma, apacible, zi acazo el zuave vaivén de laz olaz.

—¿Su vecino no reacciona? —dijo Margarita la viuda, demostrando que además de fría, era precavida.

—Zi acazo un par de gaviotaz zobre el mar, zarandeándoze en el aire —dijo la hipnotizadora.

—Quizá tengamos que conseguil una cama.

—Uzté ziente la zuavidad, pero también un poder que lo penetra. . .

—Lleva seis horas mirando hacia la pared sin moverse, inmóvil, me han dicho que está en un coma profundo, que sólo es cuestión de horas. . .

—¿Dos camas?

—¿No ze ziente canzado?

—No, sólo una, un poco más glande.

—¿Y su pierna? —preguntó la viuda dejando caer al suelo la amplia falda negra y mostrando dos piernas largas cubiertas con medias de seda color humo. La moda alemana, según las revistas pornográficas que los vapores de Hamburgo traían de vez en cuando hasta México.

—¿No ze ziente muy canzado? Uzté ze ziente muy canzado.

—Hablando de piernas. . . —dijo el periodista, que no perdía la ocasión de convertir la vida en una buena crónica—, las suyas son bellísimas, Margarita.

—Húndaze en miz ojoz.

—¿De qué lado ponemos la cabecera, del tuyo o del mío? —preguntó Rosa mientras se le escapaba una lágrima, con lo que Tomás tuvo que abandonar sus huevos con chorizo y estirar la mano sobre la mesa. Las dos ma-

nos juntas no eran muy amarillas, en la siguiente genera-
ción ya nadie hablaría con la "l" y el color sería más
oscuro. Cosas del clima. Pero también podrían vivir en
Sidney, Australia, o en Viena. O en China. Se hablaba de
una revolución en China. . . Tendrían que aprender a
hablar chino. . . ¿Cuál chino, cantonés, mandarín?

—¿No podríamos cambiarnos de ropa? —preguntó el
poeta rompiendo el hechizo del mar en los ojos de la pelirroja.

—Ponga su pierna herida un poco hacia la izquierda
—dijo Margarita subiendo a la cama. Aún traía puesta la
pamela.

Al día siguiente, el poeta confesó que el sueño había estado a punto de invadirlo, pero que no sabía cómo una
hipnotizadora podía triunfar hablando con la z. Eso dis-
traía a cualquiera. El periodista en cambio guardó en el
rincón de los recuerdos el hecho de que su mirada había
vagado de los ojos violetas de la viuda a sus bragas de brocado blanco, que sorprendentemente tenían una perfora-
ción. Sería la primera vez que había sido violado por una
mujer con braguera. Tomás no contó nada, porque nada
había que contar.

Pero quizá lo más trascendente de todas las historias
cruzadas fue que media hora más tarde un par de ca-
milleros entraron al cuarto del periodista y tras declarar
difunto al albañil, se lo llevaron. Bajaron dos pisos por las
escaleras y depositaron el cuerpo sobre una plancha en el
sótano. Ahí el albañil se puso en pie, sacó del bolsillo de
su bata una reluciente moneda de diez pesos y la entregó.
Luego se jaloneó los calzoncillos para tratar de ocultar, o
medio disimular, que tenía el pito parado.

24

TOMÁS VIVE UN ENCUENTRO CON
LA GENDARMERÍA, OBSERVA A UN CORONEL Y
RECUERDA LA MISMA CANCIÓN DE SIEMPRE

Los caballos estaban meando sobre los adoquines, se levantaba una pequeña nube de vapor, un par de gendarmes tenían desenvainados los sables y jugueteaban con ellos.

Tomás pasó entre los caballos para llegar al portón de la fábrica donde los huelguistas inquietos contemplaban a los gendarmes.

Sobre la puerta de la empresa cerrada un cartel denunciaba a los dos capataces cuyo despido se exigía: "Pierre nunca ha leído un libro y Rodríguez es un asqueroso sátiro que piensa que es guapo".

El chino sonrió, le parecía que ser analfabeta y creerse guapo no eran motivos suficientes para expulsar a dos capataces y paralizar una empresa de 500 obreros, pero detrás del cartel había una enconada lucha contra el patrón, un francés de apellido Donadieu, que quería imponer la dictadura de los capataces en el interior de la empresa violando los contratos. Si a eso se añadía que uno prohibía meter el periódico al interior de la fábrica (fuera el que fuera, hasta el reaccionario *Excelsior*) y el otro acosaba sexualmente a las obreras, la chispa justificaba el tamaño del incendio.

—¿Qué pasa compañelos? —preguntó a las guardias rojas que estaban en las puertas de la empresa. Unos cuarenta trabajadores de La Abeja y unos quince obreros del segundo turno de otras fábricas que había venido a apoyar.

—Que quieren que abramos el portón, Tomás —dijo Ciro Mendoza.

La huelga de La Abeja era la primera en el Valle de México que no se limitaba al abandono del trabajo, sino que cerraba las intalaciones de la fábrica e impedía el paso de empleados y esquiroles. Por eso, la media docena de gendarmes de a caballo, por eso las "guardias rojas" que inauguraban una tradición que habría de perpetuarse en los años, por eso el par de camiones de la gendarmería y el coronel en el coche abierto, que conversaba con el gerente de La Abeja.

—¿Quién quiele?

—El coronel Gómez, dice que es ilegal que cerremos el portón. . . Pero tiene truco esta mierda. Donadieu estuvo juntando a los esquiroles en casa de un empleado de confianza desde ayer, y los tienen ahí metidos, esperando, como a dos cuadras de aquí.

Tomás observó al militar con cuidado. Durante las últimas semanas su nombre había rodado sobre la mesa de dominó. Lo conocía de hacía 3 años en Tampico y poco había cambiado: pequeño de tamaño, moreno, con grandes botas de montar y pantalón ajustado, guerrera reluciente, una boca que era una fina señal, casi sin labios, el pelo erizado que pugnaba por salir de abajo del kepí. Manos pequeñas, casi delicadas que jugueteaban con una fusta.

—Vamos a jugálsela al levés. Tú dile que sí, que con gusto ablimos el poltón, y yo me voy con los compañelos a la casa donde están los esquiloles y les metemos el susto allí, no aquí.

—Juega, te doy diez minutos, Tomás. Sabes dónde están, en la casa que está en el callejón enfrente del almacén de Satanás, una casa grande con puerta roja. Ahí vive un contable de la empresa, Zacarías.

Tomás se separó de Mendoza y se acercó al grupo de trabajadores que estaban en la puerta.

—En cinco minutos, los que estén almados, nos vemos en el almacén de Satanás.

Y se alejó contemplando al coronel. Por una vez, sus ojos se cruzaron. Entonces, le vino a la memoria la vieja canción que hablaba de Tampico.

"Esta vez, Gómez, te vas a joder, y si ya te dio dinero el gerente, se lo vas a tener que devolver", pensó el chino y le dedicó una sonrisa al militar que en ese momento bajaba del automóvil jugando con la fusta.

25

BONITAS HISTORIAS QUE VIENEN DEL PASADO. TOMÁS WONG EN TAMPICO

Él pensaba, recordando, en aquella mujer vestida de tul rosa, con una pamela en la cabeza, jugando con los pies descalzos contra la resaca, hundiendo en la arena los dedos, pintadas las uñas de un rojo brillante, que el mar deslavaba. Pensaba en el tul que se mecía en los vaivenes de la mujer, y cómo ella cantaba una canción, una tonada, mientras dejaba que los tirantes de tul rosa se deslizaran sobre sus hombros para dejar los pechos blancos al descubierto. Él también recordaba las palmeras y el atardecer, el sol que se iba escondiendo tras las torres de la refinería de la Huasteca Petroleum Company. Y todo esto lo asociaba en la memoria con una canción que estaba de moda en aquellos días y que había escuchado por primera vez en boca de un borracho: "Tampico hermoso, puerto tropical/ tú eres la gloria de todo nuestro país/ y por doquiera yo de ti me he de acordar, me he de acordar." Y él se acordaba. Y pensaba que la memoria de los hombres es un juego de idiotas creado por dioses ociosos.

La mujer se llamaba Greta; ella se llamaba a sí misma Greta, y tenía una pamela blanca, a la que le había quitado un tul porque estaba raído. Le echaba la culpa al calor. Él no le echaba la culpa al calor. Le gustaba el calor pegajoso, el sol brillante que lastimaba la piel, la sudaba, la secaba. Ella se mató con arsénico. Meticulosamente destiló diez papeles matamosca para conseguir el contenido de la copa suicida. Como buena alemana rigurosa, precisa. Él nunca se suicidaría. Pero ella sí. Y ahora sólo quedaba el recuerdo de la mujer en la playa, al atarceder, mojándose los pies en el mar, dejando caer la parte superior del vestido de tul rosa para que sus dos enormes pechos blancos fueran tocados por el último sol de aquella tarde. Todo ello mezclado con una canción patriotera que hablaba de la gloria de Tampico.

26

LOS PERSONAJES JUEGAN DOMINÓ EN UN ESCENARIO NO HABITUAL Y EN LUGAR DE ENTRAR EN MATERIA HABLAN DE LA REVOLUCIÓN MEXICANA Y SE DEFINEN MALAMENTE

—Llegan tres tipos tirando tiros, la viuda dice que ella no es, el trombonista y su hermano están difuntos, se encuentra un cadáver de inglés que no se suicidó. ¿Usted entiende algo? —pregunta el poeta mientras ayuda al periodista a reclinarse en su cama.

—Nada, pero esto es habitual en mí y en México. ¿Dígame quién entiende algo en México? ¿Quién en este maravilloso país sabe qué está pasando? Se simula, se aparenta, se confunde a los demás mientras todo alrededor está en tinieblas. ¿Entiende usted?

—Yo no, y además me siento obligado a sumarme a su notable declaración —dice el licenciado Verdugo que ha tirado las flores a un cesto de basura, el agua en una palangana y se ha apropiado del vaso-florero para convertirlo en cenicero.

Tomás, sentado en la cama que ha dejado vacante el albañil difunto, contempla ensoñado el tráfico callejero de las últimas horas de la noche. Con la mano izquierda se rasca la pelusa sobre el labio superior.

—¿Vas a dejarte el bigote, Tomás? —pregunta el periodista.

El chino asiente y esboza una breve, brevísima sonrisa.

—Creí que los chinos no podían tener bigote —dice el poeta que tira de la mesita de noche hasta ponerla en el pequeño pasillo creado entre las dos camas.

—A estas alturas debelía usted habelse dado cuenta de que soy un chino apóclifo, que ha leído a Celvantes, a Tloski, a Blasco Ibáñez, a Balzac. Si yo fuela usted, pensalía seliamente que su compañelo de juego es un espía de Alfonso XIII.

—La verdad es que excepto eso me hallo dispuesto a creer casi cualquier cosa —dice el poeta.

—¡Ah, qué país! —dice Verdugo.

—Por favor, señores, no culpemos al país, ha quedado un poco dañado después de tanto plomazo, pero no tiene la culpa él.

—No es el plomo, es la falta de plomo —dice el poeta—. Es lo que pasa con las revoluciones a medias. Son árboles deshojados. El país perdió, perdimos todos. Tiene que ver con la esperanza. . . —termina enigmático.

—Si la conversación va a caminar por ahí, no cuenten conmigo, creo que me he vuelto demasiado cínico para intervenir —dice Verdugo sacando las fichas del estuche que trae en una bolsa de su gabardina inglesa comprada en el Correo Español por 40 pesos ganados a los dados en una piquera. Las vuelca sobre la mesa de noche, sólo para descubrir que el espacio es muy breve, que están demasiado amontonadas. Tomás se pone de pie y quita un cuadro de la pared, una reproducción de Durero y lo coloca encima del buró. Sobre el cristal las fichas resbalan mejor, rodando libremente sobre rostros de apóstoles y restos de la última cena.

—Ganaron los que tenían mayor resistencia, los más correosos, los más conchudos, cuerudos —dice el periodista, que no está dispuesto a abandonar al poeta solitario en el balance de la Revolución—. Ganó Obregón porque si le quitas los meses de locura en que fue comandante de la plaza y trajo a mal traer a comerciantes, curas y burguesillos siempre fue un hombre que se acomodó.

—Cualquiera que hubiera ganado. La Revolución se perdió antes de que terminara. Se perdió cuando los generales grandes y chicos vieron que era mejor casarse con las hijas de los porfirianos que violarlas.

—Lamento no compartir su impresión —dice Verdugo sacando sus puros de la otra bolsa de la gabardina y ofreciendo. Sólo el periodista acepta—. Los oficiales obregonistas las prefieren putas. En eso la Revolución ha significado un importante avance moral. De los porfirianos aprenden a negociar, no cómo sentarse a la mesa. Aprenden a convertir poder en dinero, no en buenos modales.

—¿Ustedes piensan que la Revolución es ahora de los generales? —pregunta el poeta mientras deja caer sobre el centro de la mesa de Durero y los apóstoles el seis doble—. No, yo veo que la Revolución es de los licenciados. Esas cosas nuevas que han estado saliendo de abajo de las piedras. Licenciados. . . Son amables, un poco eruditos, sin exagerar, claro, y todos tienen sus pequeñas historias revolucionarias para contar si hace falta. Siempre podrán decir que fueron secretarios de aquel general, que redactaron tal plan, tal acuerdo, tal pedazo de la Constitución; que organizaron compras, abastos, trenes militares, que escribieron aquellos artículos, dirigieron esos periódicos. . .

—¿Como que pasa? —interrumpe el poeta dirigiéndose al periodista—. Se ve que la herida sí lo afectó.

—¿Qué coño herida, las fichas que usted me dio?

—Pues yo también —dice Tomás.

El licenciado Verdugo se ríe.

—Ya nos desenmascararon, joven poeta. Eso le pasa por estar hablando mal de los licenciados con uno a su izquierda.

El poeta cavila, a él le quedan dos seises, o sea que Verdugo trae cuatro más. Ya lo partieron a medias.

—Doy por supuesto licenciado que con usted no iban mis declaraciones.

—Doy por supuesto que si ahorita lo crucifico, no pensará que fue por sus declaraciones.

—El juego es el juego.

Por la ventana entran los ruidos metálicos de los talleres de la compañía de tranvías. Para amortiguarlos, comienza a llover suavemente contra los cristales.

—Yo creo que mi mal es no haber creído nunca. . . —dice el periodista—. Me gustaba Ricardo Flores Magón, pero siempre estaba lejos. A los convencionistas los observé de cerca y aunque me simpatizaban se movían muy rápido y fusilaban demasiado, de manera que no daba tiempo ni ganas de acercarse. Ha de ser cosa del oficio, del maldito oficio que te compromete con los detalles, con las historias pequeñas, no con las ideas; que te obliga a ser observador; y observar es mirar sin querer del todo, sin ponerse uno del todo en la historia. Me simpatizaban personas, me gustaba la forma como le entraron a la Revolución y como salieron de ella sin mancharse. El coronel Múgica en el 17, el propio Delahuerta cuando fue presidente provisional, Lucio Blanco en el 15, Ramírez Garrido cuando fue jefe de policía. Maldita sea, jamás pensé que me simpatizaría un jefe de policía. Pero Ramírez Garrido era genial. Obligó a que los policías se sindicalizaran, protegió a las prostitutas y organizó cooperativas alimenticias para ladrones.

—¿Y dónde anda ahora Ramírez Garrido? —preguntó el poeta viendo que después de dos vueltas el licenciado ya le cuadró a seises y él tiene que quemar el primero de los suyos.

—Creo que quiere ser Gobernador de Tabasco. O algo así. Paso —dice Pioquinto Monterola, quien además de estar jodido por el mal juego que trae, se ha metido de cabeza en la nebulosa de desentrañar sus relaciones con la

Revolución mexicana, y por si fuera poco, se acaba de dar cuenta que está enamorado.

Verdugo lamenta que el chino se haya doblado a cincos, porque así le quita entonces la posibilidad de volver a cuadrar los seises y, por tanto, abre a cuatros, donde el poeta tiene respiro.

—Yo sigo siendo un villista emocional —dice el poeta jugando el cuatro/dos—. Nadie puede quitarme de la cabeza que cada vez que la División del Norte cargaba, el mundo se deshacía, cambiaba. Éramos la destrucción de lo viejo, la furia. ¿Qué decían de Atila? El azote de Dios. Yo hacía poesía a caballo, y mis compañeros eran peones analfabetas, fotógrafos ambulantes, cuatreros regenerados. . . . ¿Entienden? Enfrente la artillería de los federales, las ametralladoras, los soldaditos de botones brillantes, que se caían como si fueran de plomo.

—Una revolución se hace con ideas y violencia. Violencia había, pero ideas no había tantas. Yo me hice cínico así. Nadie tenía más odio que yo, pero no sabía cómo convertirlo en otra cosa. A lo mejor yo no quería otra cosa sino lo mismo, con gente diferente.

—Si eso quería, licenciado, eso tuvo. Tenemos un porfirismo modernizado, lleno de palabras, y un montón de tumbas que hay que ir a atender los domingos en los panteones —dijo el periodista—. O a lo mejor me equivoco, a lo mejor lo que pasó es que se abrieron las puertas del cambio, y todos estos años de tiros sólo tenían la misión de abrir una puertecita para que se iniciaran los cambios. ¿Ha habido reparto de la tierra, no? Hay constitución. El clero se achicó, ya no hay tiendas de raya.

—Se angustian, helmanos, esa levolución dio lo que tenía que dal. Ahola viene la segunda, la de los tlabajadoles, la de veldad.

—Tomás, me gustaría creer —dice Verdugo rompiendo el seis y perdiendo el control del juego—. Pero la fe hay que andarla alimentando, y yo ya soy un mendigo de ideas, vivo como parásito, con ideas prestadas.

—Si mi general Villa se levanta de nuevo, a lo mejor me animo y lo acompaño.

—Supongo que no es cosa de ser observador eternamente, o quizá sí, quizá la misión de observador sea activa y no pasiva, quizá tenga alguna utilidad estar contando lo que pasa —dice el periodista poniendo el juego a treses y haciendo pasar a todos, para luego soltar de un golpe la doble y el tres/uno.

—Calay, sabel de levolución quizá no, pelo de dominó, bastante, peliodista.

—No, de eso sí.

27

EL POETA ESCRIBE UN VERSO,
DESCUBRE MISTERIOS DE LA INDUSTRIA
NACIONAL Y TERMINA SALTANDO POR LA
VENTANA DE UN EDIFICIO

En la antesala del despacho del dueño, Fermín Valencia,
el poeta, escribía con un cabito de lápiz en una libreta
que llevaba siempre encima: *Coso mi alma a la piel/ y
desespero/ la vida se desangra/ y a pesar/ no ha nacido la
Singer que repare/ con puntadas precisas/ y lo siento/ estas cosas de mí/ que voy perdiendo/ dejando/ atrás.*

Fermín llenaba su cuaderno de pequeños poemas, y de
vez en cuando algún amigo le arrancaba uno y lograba
publicarlo en un periódico, en una de las revistas que
comenzaban a surgir en la Ciudad de México tras la Revolución. Sin embargo, a pesar de que lo enorgullecía ser
reconocido como poeta, y no sentía que pudiera reclamar
como propio ningún otro oficio en el mundo, siempre que
escribía un poema se sentía como cazador furtivo, como
actor de un hecho delictivo que lo colocaba en la ilegali-
dad. Por eso, cuando la secretaria salió del despacho y le
dijo que pasara, escondió su libreta tras la espalda, azora-
do, como si lo hubieran sorprendido masturbándose.

La oficina de Henry Peltzer estaba cubierta de fotografías
de automóviles; llantas colocadas sobre pedestales, reluciente su caucho nuevo, sus caprichosos dibujos geo-
métricos. Un enorme escritorio de caoba tras el que el
industrial germano-gringo-mexicano fumaba un puro des-
comunal y jugueteaba con la cadena de su reloj. Peltzer

era una caricatura de la nueva burguesía industrial, parecía que había sacado su imagen de los dibujos de Robinson que ilustraban los artículos de John Reed en *Metropolitan Magazine* y mostraban patrones acerdados.

—Míster Valencia, bueno tenerlo aquí. Esperemos que esta vez sea tan afortunada nuestra relación como vez antes.

—Esperemos, míster. ¿De qué se trata ahora?

—¿Qué va a ser, Valencia, qué va a ser? Una nueva llanta mexicana va a salir mercado venta pronto nueva. Una bonísima, bonísima.

—¿Podría darme alguna idea?, algo así como sus diferencias, sus virtudes, su precio. Algo que me permita trabajar.

—Bonísima. Mejor llanta en México. Para todas las rodadas, todas las marcas, todas modelos sirven llanta Pelzer modelo 96-c, llamamos aquí entre nosotros, LA ÚNICA.

—¿La única?

—LA ÚNICA.

—Eso. Y ¿va a ser más barata? ¿Dura más?

—No, más cara, dura menos. Pero bonísima, resistente, como flotando coche arriba de ella. . . ¿Un puro?

—No, gracias.

—Son de Papantla. Bonísimos. Como llanta.

—¿Quiere usted que volvamos a la misma línea de antes? ¿Hacemos nacionalismo barato? La única llanta mexicana, etcétera.

—Nacionalismo caro. Usted deje espacios, yo pongo precios.

—Y hablando de precios, ¿qué es lo que va a querer esta vez? Para informarle de mis tarifas.

—Una frase, dos frases, tres frases. . . Lo demás aquí, escribientes llenan, dibujantes llenan. Lo demás llenan aquí. Usted frases buenas, una, dos, tres. . .

—Quinientos pesos —dijo el poeta—. Cien por delante —y se dispuso a soportar el chaparrón.

—Pesos. . . ¿Mexicanos? Fortuna. No. Industria nacional herida por competidores, terrible. Más mejor encargar frases aquí. Aquí llenan, amigo Valencia, Míster Valencia, ¿cómo va a ser?

—Si me encarga 20 anuncios, se los hago en 30 pesos cada uno. Pero si me encarga sólo las frases, que es lo más difícil, mi tarifa es inmóvil, sólida, buenísima, bonísima, pero no barata, como sus llantas. Quinientos pesos.

—Usted, poeta, no tiene ideas buenas y certeras industria nacional. No salimos aún desastre Revolución. Cualquier día otra. Inestabilidad mala para los caminos, mala para hacer carreteras, mala para llantas. Competencia extranjerá malísima. De Detroit mandan llantas, sobran, malas pero baratas, muchas. Coches muchos, país importó cinco mil año pasado, pero competencia terrible. Crisis textil, crisis minera, crisis crisis. Poco dinero. Rumores, muchos rumores. Menos dinero.

—¿Qué rumores, señor Peltzer?

—Rumores problemas con Estados Unidos. Rumores problemas petroleros. Rumores golpe militar. Otro. Rumores llegan hasta aquí y se meten. Militares andan por aquí, por allí. Por acá mismo.

El industrial abandonó el tono explicativo y pasó al conspirativo. Miró su reloj y señaló a la puerta.

—Diez minutos y habrá visita, verá usted. Visitas vienen y se van.

—Quinientos pesos —dijo el poeta volviendo al tema. Rumores más, rumores menos, le valían sombrilla.

—Cuatrocientos, última palabra.

—Quinientos o me voy con los importadores de llantas de Detroit y les paso mis ideas gratis nomás del puro coraje.

—¿Un puro? Son de Papantla.

—Quinientos.

—Muchos rumores. Malos tiempos. Muchas huelgas. Anarquistas en fábricas. Día sí, día no, motín por mitad.

El poeta suspiró. No estaba mal que el dueño de la única industria llantera de México regateara como el tendero de la esquina. El señor-míster-ñor Peltzer nunca sería millonario. ¿O quién sabe? ¿De esa manera se hacían los millonarios? La verdad es que era un trabajo de trescientos pesos, por ser para Peltzer, de cuatrocientos. Todo lo que sacara arriba de eso se los iba a pasar a los anarquistas de "motín por mitad", que seguro eran amigos del chino.

—Como me dio usted algunas ideas cuando me mencionó cómo era el producto, voy a hacerle un descuento del 10%. Pero conste que esto no es habitual, sólo hago excepción por tratarse de una empresa nacional —ahí el poeta se mordió la lengua—, que compite en condiciones difíciles con monopolios extranjeros y, además, de una ciudad horrible como Detroit.

—Hombre, ¿usted estuvo Detroit?

—No.

—Cerramos cuatrocientos cuarenta, cantidad redonda. Más mejor cuatrocientos cincuenta.

—Mucho más mejor cuatrocientos sesenta —dijo el poeta, tomando un puro de Papantla.

Peltzer sonrió ampliamente.

—Anuncio bonísimo, como llanta.

—El mejor, caballero —dijo el poeta pensando que se sentía como Diego de Alvarado transando tlaxcaltecas con collarcitos de vidrio.

Peltzer extendió un vale para la caja y, tras ceremoniosos apretones de manos, acompañó al poeta hasta la puerta de su oficina.

Fermín sonrió a la secretaria que se subía las medias tras la puerta de un cuartito de escobas levemente abierta, y estaba cruzando la gran puerta de vaivén que daba acceso a la zona de ventas de la empresa, cuando dio de narices contra un uniforme. Siendo muy precisos, diríamos que su nariz dio contra el botón superior de la

117

guerrera de un tenientillo flaco del ejército nacional, quien salió trastabillando. El poeta musitaba una disculpa cuando el teniente se le quedó mirando fijamente y tiró de pistola. Afortunadamente traía una automática Máuser larga en una aparatosa funda de piel, y mientras desabrochaba la funda, el poeta le clavó la punta de su bota en la entrepierna y retrocedió corriendo. En la retina le quedó prendida la imagen de un compañero del teniente, que lo precedía un par de pasos atrás: un catrín, rubiejo, de bigote de puntas enceradas.

Corriendo en retirada, Fermín maldijo su falta de previsión al venir desarmado, pero quién iba a pensar que ya no había seguridad ni en las oficinas de la llantera de Peltzer. Cruzó corriendo por el cuarto intermedio donde la secretaria salía del cuartito de las escobas con las medias perfectamente tersas y restiradas. Y fue a dar a la oficina de Peltzer cuando sonó el primer balazo a sus espaldas. La bala sacó astillas del mueble de caoba donde el industrial estaba sentado. Fermín pasó a su lado sin perder el tiempo negándose a aceptar un puro de Papantla y se asomó por la ventana. *Mierda, un tercer piso*. Recordó tardíamente.

Las oficinas de la Peltzer estaban en el tercer piso del edificio Guardiola casi en la esquina de San Juan de Letrán. El poeta pasó la pierna por la ventana sin dudar, y comenzó a caminar por una cornisa de escasos diez centímetros. Una suave brisa le dio en el rostro. A su espalda se oían gritos. Peltzer discutía sin duda con el teniente y su amigo. Fermín no perdió el tiempo y con la mano empuñada rompió el vidrio de la siguiente ventana. Un nuevo disparo le avisó que no tenía mucho que escoger y saltó a la oficina entre los cristales rotos cortándose la mano, rasgándose el pantalón, atravesando su sombrero con astillas de cristal.

La aparición de un personaje entre la lluvia de vidrios

dejó al contador de una compañía que se dedicaba al contrabando de rifles Remington y máquinas de coser, francamente nervioso, casi al borde del colapso. Fermín Valencia, el poeta, se guardó las imágenes literarias de los cristales rompiéndose en pedacitos en la memoria, para luego llevarlas amorosamente a su cuaderno de notas y poemas, y salió corriendo de la oficina como alma que lleva el diablo por el pasillo interior. Cuando logró reaccionar estaba en la cantina del Majestic tomándose un habanero doble y curándose las heridas con otro sencillo en el que mojaba cauteloso la punta de una servilleta.

28

EL PERIODISTA, A MITAD DE UN RECUENTO, SE DESCUBRE ENAMORADO; UNA MONJA LO SALVA Y ESCRIBE UN ARTICULO SOBRE UN DOMADOR DE LEONES

Pioquinto Manterola avanzó renqueando hasta el espejo del cuarto y comenzó a afeitarse con abundante espuma. Sus ojos chispeaban en el espejo entre la espuma blanca del jabón. De un estuche con sus iniciales grabadas que su padre le había regalado hacía muchos años sacó una excelente navaja de acero alemán, la probó en los vellos del antebrazo, y comenzó a afeitarse.

—¿Se va usted hoy, verdad, señor? —preguntó la monja que lo observaba.

—Hoy o mañana, hermana, el médico dijo que quería ver la cicatrización una vez más, hoy en la tarde o mañana en la mañana, y que si todo iba igual me dejaba salir para la calle.

—Qué bueno, hermano, que se recuperó tan rápido.

—Hermana, le voy a pedir por favor que le lleve esa caja de bombones de chocolate que me trajeron a algún compañero de otro cuarto que los necesite más que yo, a mí no me gustan.

—Encantada hermano, hay una mujer aquí en el cuarto de al lado que se está curando de una bronquitis infecciosa y que nadie la ha venido a visitar. . .

El periodista vio a través del espejo cómo la monja tomaba la caja adornada con un gran moño de seda verde y salía del cuarto, y volvió a la navaja alemana y a su barba.

El momento de afeitarse, según el periodista, era el mejor momento del día para organizar las ideas. Para que el mundo adquiriera un poco de cohesión, no demasiada, tan sólo la mínima necesaria, la indispensable. A veces tan poca que no parecía coherencia sino una neblina vaga de imprecisiones, vocaciones, voluntades, pasiones contradictorias, nubes negras, irracionales depresiones.

Pero hoy no era el día. Manterola el periodista iba a poner las artes de su mejor pensamiento deductivo para saber qué demonios ave de presa había estado revoloteando estas últimas semanas sobre sus compañeros de dominó y él mismo.

Sus ojillos brillaron nuevamente en medio de la espuma del jabón que le llegaba, en un juego, hasta las cejas.

—Uno —dijo en voz no muy alta, como rezando—. Asesinan a un trombonista a mitad de un pasodoble, ¿o era una marcha militar? En sus bolsillos hay joyas suficientes para poner un puestito callejero. Es un sargento del ejército que se llamó en vida José Zevada. El asesino es zurdo.

La navaja pasó suavemente por la irregularidad de la cicatriz en el cuello.

—Dos. Un hombre se arroja del edificio número 23 de la calle de Humboldt dos días más tarde. Es un coronel del ejército llamado Froilán Zevada. . .

El tres y el cuatro no los dijo en voz alta, porque se afeitaba cuidadosamente el bigote.

—Cinco. Tres tipos tratan de cosernos a tiros. Ninguno de ellos queda vivo para contar su historia. . .

Estaba dándole vueltas al seis cuando se dio cuenta, de un golpe, que se había enamorado absurda y totalmente de la mujer de los ojos violeta. El impacto de las imágenes le arruinó la pericia del afeitado y estuvo a punto de costarle la vida porque la navaja resbaló sobre la piel del cuello.

Amor y suicidio era una vieja relación, una combinación de palabras conocida y artera. Indeseable pero real.

La gente se enamora y luego se suicida para. . . para no sentirse ridícula ante el desamor.

—Oiga usted, oiga usted, qué bueno verlo de pie —dijo Gonzaga, el dibujante estrella de *El Demócrata*—. Yo lo hacía en cama.

—Gonzaga, qué agradable sorpresa —dijo el periodista bendiciendo al personaje que lo sacaba de turbias ideas.

Gonzaga, que no había sido bien recibido en ningún lado en los últimos diez años de su vida, se detuvo desconcertado. Traía un block de dibujo en la mano derecha y la izquierda sostenía penosamente una Smith Corona portátil, pero que no dejaba de pesar sus buenos 15 kilos.

—Yo, este. . . —dijo omitiendo el "oiga usted" por una vez— le traía trabajo de la redacción.

Gonzaga colocó la máquina de escribir sobre la mesa y esperó mientras Manterola, que lo contemplaba en el espejo, terminaba de afeitarse.

—¿No pueden esperar a que me levante de la cama en esa cueva de explotadores?

—Oiga usted, la iniciativa fue mía, pensé que, oiga usted, la historia ésta apasionaríalo hasta la locura —dijo Gonzaba abriendo su block de dibujo y acercándose al periodista.

El dibujo, que combinaba los enérgicos trazos de lápiz y las sombras en carboncillo, mostraba a un domador vestido con un uniforme de húsar imperial austríaco del siglo pasado, que esgrimía su látigo contra una docena de leones. La ilustración tenía como fondo una jaula de altos barrotes. Los leones se mostraban agresivos, varios de ellos rugían o lanzaban su zarpa contra el domador que tenía el revólver en la funda y la mano izquierda colocada rumbosamente en la cadera.

—¿Y esto? ¿Podría usted sin abusar del lenguaje de telegrama narrarme la historia?

—Circo Krone, seis de la tarde, oiga usted. Domador

122

de origen alemán, hispano-alemán. Silverius Werner Cañada. Vuelto loco por amores con trapecista.

—¿Trapecista macho o trapecista hembra? No abuse de los genéricos, Gonzaga.

El aludido miro fijamente a Manterola y respondió:

—Trapecista hembra, un poco puta.

—Ah, bien.

—Metióse jaula de leones a mitad del espectáculo. . .

—¿Como siempre?

—Cosa normal, oiga usted. Pero en lugar de hacer número dedicóse a romperles el forro de los cojones a las fieras a punta de latigazos, hasta que se hartaron de él y se lo comieron.

—¡Carajo! —dijo Manterola.

—Historia de amor inolvidable, oiga usted. Público aterrado contemplólo todo.

—¿Y por qué chingaos no lo sacaron?

—Encerróse digo, oiga usted. Tiró la llave a la mierda una vez hubo entrado, cerrando candado y ya. . .

—Vaya precisión. . . ¿Y cómo lo sacaron?

—Oiga usted, no se me había ocurrido preguntarlo. Queda en duda.

—¿Cómo que queda en duda? ¿No lo han sacado aún?

—Oiga usted, sospecho se lo siguen merendando las fieras.

—Oiga usted —repitió el periodista sin saber si ponerse a reír o a llorar—. A ver, ayúdeme a poner la máquina sobre el buró, Gonzaga, aún no me puedo apoyar bien en la pierna.

—Faltaba más —dijo el dibujante cargando la máquina, y colocándola sobre la mesita de noche.

—Le pido un favor último, Gonzaga, ¿puede darse una vuelta a la administración del hospital y pedirles de mi parte unas cuartillas en blanco?

Cuando el dibujante se disponía a salir la monja entró a toda velocidad tropezando con él.

—¡Por favor, hermano, venga conmigo! —dijo y salió de nuevo corriendo.

Manterola y Gonzaga dejaron el cuarto tras el aletear del hábito blanco de la monja y la siguieron hasta un cuarto dos puertas más allá sobre el mismo piso. En el pasillo comenzaban a aparecer los primeros mirones.

—Mírela, mire, mire eso. Yo le dí los chocolates —dijo la monja llorando ante una cama donde reposaba el cuerpo desencajado de una mujer, los ojos saltados, las manos engarfiadas, que, como se sabría un par de horas más tarde, había muerto envenenada por cianuro contenido en un bombón de chocolate.

29

SOMBRA DE LA SOMBRA Y
UN PACKARD BLINDADO

—¿Se ha dado usted cuenta?, somos la sombra de una sombra. Ellos, los confabulados de la casa de la viuda, si es que tal confabulación existe, son una sombra, sin perfiles, sin propósitos claros, por lo menos por lo que nosotros sabemos, y nosotros, siguiéndolos a ratos, erráticamente, como unos niños descarriados que juegan y sufren accidentes, somos la sombra de esa sombra. ¿Se da cuenta?

—Es lírico. Eso es lo menos que puedo decir —le dijo Verdugo al poeta mientras cenaban una tortilla española con chorizos fritos de Toluca en el restaurante Abel (uno de los cinco mejores de la Ciudad de México, abajo del Cosmos y el Bach, y un poco mejor que Sanborns y el del Regis) y se despachaban un par de botellas de vino tinto de Ávila que algún carguero había dejado hacía menos de una semana en Veracruz, y que a juicio del dueño estaban un poco "movidas" y a juicio de los clientes estaban buenísimas. Vino áspero, que manchaba los labios.

—Le digo esto porque estoy convencido que a pesar de que no hagamos nada, y sigamos la absurda vida que vivimos, vamos a tener que pasar a la ofensiva o nos van a matar.

—¿Quiénes?

—La sombra, o el objeto del que ellos son sombra, o una sombra menos despistada que la nuestra.

—¿A qué se debe la urgencia? ¿Pasó algo después de esa historia divina que le ocurrió en la Casa Peltzer?

—¿Cuántas veces van a fallar? ¿Cuánto dura un enemigo en esta ciudad si uno deveras quiere? Vamos a tener que tomárnoslo en serio.

—Eso parece —dijo Verdugo aceptando la teoría del poeta de que no bastaría de aquí en adelante con responder a los disparos y seguir sobreviviendo.

El poeta sacó el bigote del vaso de vino y contempló a su amigo largamente. Notaba en él una cierta vocación de suicida. Y si le apuraban un poco percibía lo mismo en el periodista y en Tomás el chino. No es que le molestara; él mismo sentía a veces cierta nostalgia de la muerte, un profundo deseo de paz. Se sentía arremetido por los recuerdos de la carga de los Dorados en Paredón, y pensaba en sí mismo como en un sobreviviente que se había perdido toda la gloria de haber muerto en la mejor carga de caballería de la historia de México. Pero estas rachas pasajeras casi siempre vinculadas a días de ayuno o de catarro no eran iguales a las de Verdugo, quien parecía vivir con la sonrisa burlona de una dama de las camelias poseída por una tuberculosis incurable. Por eso, insistió.

—La sombra de la sombra debe ponerse en acción.

—¿Propone usted algo?

—Que aprovechemos su premio para comprar armas. Si algo me enseñó mi general Villa es que cada vez que tiene uno dinero debe darle una mejorada a su armamento.

Verdugo no se sorprendió por la proposición, la entendió en el doble sentido que podía implicar: armas de fuego y más botellas de vino de Ávila. Levantó la mano y llamó al camarero para hacerse con otra.

El restaurante estaba semivacío. Era demasiado tarde para una comida y muy temprano aún para la cena, pero nuestros personajes celebraban que Verdugo había ganado la lotería (1,700 pesos) de una manera harto curiosa. Al salir de un hotel de paso, el licenciado, sin darse cuenta, había cambiado su gabardina por otra. En la ajena había aparecido un billete de lotería que un día después salió premiado con el tercer lugar. Tanta bondad y casualidad obligaron al licenciado a celebrar, y puesto a ello había tropezado con Fermín Valencia en la Alameda cuando éste escribía en una banca un apasionado acróstico dedicado a Lupe Vélez.

Y así avanzaron hasta la quinta botella en absoluta armonía. Incluso en algo que podría parecerles a ambos, visto años después, un abuso de confianza: el poeta le leyó al abogado un larguísimo poema sin rima con el que, bajo el seudónimo de Blanca Flor López, había aspirado a los juegos florales de Milpa Alta para sacar unos billetes, y el abogado le contó enternecido casi tres capítulos de su tesis doctoral en derecho internacional: *Las aguas territoriales en los canales transoceánicos*. Si los registros cantineros de la Ciudad de México, guardados celosamente en la cabeza de barmans, meseros, capitanes de restaurante y policías esquineros, no mienten, ésta era la primera y única borrachera de nuestros personajes desde que se conocían. Los motivos son oscuros, ¿dónde y por qué el poeta Fermín Valencia y el licenciado Verdugo habían decidido pasar del grado alcohólico controlado en sus amores con Gay Lussac al cuete declarado? Quizá es que ambos habían tocado fondo, quizá que la sorpresa de encontrarse temporalmente ricos los había desquiciado, quizá la tensión de aquellos extraños tiempos. Además, la borrachera de vino era generosa, lenta, invitaba a la combinación de nostalgias lloronas pero plácidas y grandes actos. El caso es que hacia las seis y media de la tarde llegaron a la séptima botella.

—Un tanque necesitamos —dijo el poeta—. Un carro de combate, como esos que usaron los ingleses en el Somme hace cinco años, esos que salían en las fotos del *Universal Ilustrado*. Con ruedas de oruga y un cañoncito asomando, todos de hierro roñoso.

—Un carro blindado. Un Packard como el que tenía el general Pablo González.

—Para lo que le sirvió —dijo el poeta.

—Por inocente. Se fue a meter a Monterrey sin Packard y ahí perdió.

—¿Y qué vamos a hacer con el Packard?

—Lo mismo que con el tanque ése que usted quiere, pero sin que nos miren tanto por las calles.

—No sé, no sé —dijo el poeta y metió la cabeza entre las botellas vacías como ocultándose de la mirada repentinamente seria de Verdugo.

—A lo mejor ellos son los buenos, y nosotros nomás andamos de metiches, de destapaculos.

—Ése es un nuevo adjetivo, poeta.

—¿Cuál, licenciado?

—¿Se le hace que ellos pueden ser los buenos con esa pinche apariencia? Si estuviera aquí Manterola, enseguida deshacía sus dudas. Ese coronel Gómez seguro de chico le robaba las mamilas a sus hermanos. Y el gachupín, y el tenientillo que andaba con ellos, y el francés y la dama que se dedica al hipnotismo, y la viuda. . .

—Se me hace que el periodista se enamoró de la viuda. . . Y a usted le cae bien su amiga Concha, ¿no?

—No, si me soprende usted poeta. ¿Ni que fuéramos tan puros? ¿Para qué queremos un tanque?

—No, para nada —dijo el poeta, y se puso a recitar unos versos de un joven poeta jarocho apellidado Maples Arce, que lo habían afectado cuando cayeron en sus manos esa misma mañana:

La ciudad insurrecta de anuncios luminosos
flota en los almanaques,
y allá de tarde en tarde,
por la calle planchada se desangra un eléctrico.

Verdugo se quedó mirando atentamente a su amigo.

—Ojalá yo escribiera como este muchachito, coño —dijo el poeta.

Al llegar a la botella de vino de Ávila número nueve, y sin acuerdo previo, ambos volvieron a la beligerancia y repasaron la historia:

—Yo vi cómo mataron al trombonista, y fue feo. Fue a la mala. Ahí estábamos como diez mil personas. Menos, como cinco mil, mil cinco de personas, oyendo la marcha y zas que le vuelan la cabeza ésa, la cabeza le hicieron así. De un este, tiro, ¿no?

—Yo fui a la fiesta, pero me dormí, me dormí en la película. No estaba buena. . . Y ellos eran como los romanos, igual de jodidos, igual. . . Y los plomazos, mi poeta, los plomazos. A mí todavía me duele la mano —dijo Verdugo flexionando la mano izquierda aún vendada.

—¿Y qué me dice que a mí el oficial ése casi me mata, y me tiene de mono cirquero en un edificio, y todo el hocico roto por los vidrios, vea —y mostraba las señales de las heridas producidas por los cristales en el rostro que iba perdiendo sus luces.

—Yo quería que. . . —dijo Verdugo, dudó y reflexionó un instante, pero cuando regresó se le había olvidado lo que quería.

Al día siguiente, cuando amaneció con el estómago deshecho por los efectos del vino de Ávila "un poco movido", pero con los restos de su reciente fortuna en el bolsillo, se fue y se compró un Packard blindado de medio uso.

30

ACONTECIMIENTOS SUELTOS QUE SE PRODUJERON EL MISMO DÍA

Cipriano se le acercó a Tomás en horas de trabajo y tomándolo del brazo le dijo:

—Tomás, ¿puedes dar cobijo en tu casa a un compañero? No te lo pediría si no fuera muy importante, muchacho.

Tomás asintió:

—Si no le impolta tlopezalse en la mañana. Polque la casa está llena.

—¿Se casó?

—Ta lalgo de explical, tú tláelo pa la casa en la mañana.

—¿Conoces el cine Rialto, en San Ángel? Enfrente hay una casa de comidas que regentea la viuda de Magaña, el compañero de La Carolina que mataron los amarillos. Ahí, a las diez y media, mañana en la mañana, va a estar sentado un compañero leyendo *Los miserables* de Víctor Hugo. Si trae una gorra puesta, no te acerques, espera a que salga y lo sigues con cuidado, viendo si lo siguen a él. Si no trae gorra, puedes hacer el contacto.

La llegada del supervisor hizo que ambos dejaran de hablar y se separaran.

Una hora y quince minutos después, el periodista Pioquinto Manterola, que había dejado el hospital el día anterior, medio espantado por los chocolates envenenados, fue acompañado a declarar en la séptima demarcación por su amigo el licenciado Verdugo ante el jefe de agentes de los servicios especiales Nacho Montero, el cual no se enteró de nada más de lo que ya sabía, y contó un poco menos: los chocolates habían sido entregados en la recepción por un bell-boy del hotel Bristol situado en la calle de Jesús María. No todos traían cianuro, tan sólo uno de cada tres. La muerta le atinó a la primera. En cada bombón había suficiente cianuro para matar a un caballo, era difícil no encontrarle el gusto a pesar de que los chocolates eran de almendras. Y ya, pare de contar. "¡Enemigos! Uf, vaya usted a saber, en la vida de un periodista es inevitable no hacer unos cuantos, aunque a veces ni se sabe quiénes." Y así por el estilo.

En la calle comenzaba a lloviznar. Un par de jinetes aceleraron el trote de sus caballos y rebasaron un Ford rengueante. Verdugo abrió la puerta del Packard blindado y ayudó a que el periodista se sentara.

—Supongo que ya basta. Deberíamos hacer algo.

—La viuda me juró que no era cosa de ella o de sus amigos. . .

—¿Quién entonces?

—No tengo idea. Pero tiene usted razón, ya basta.

—Nadie viene a decirle a uno que él no es culpable si no hay acusación de por medio. Nadie da respuestas si no se hacen las preguntas.

—Supongo que tiene usted razón, y que tendremos que empezar por ahí.

—Ayer tirotearon al poeta y casi lo matan. Apretemos las clavijas y veamos si la sombra sale de la oscuridad y se muestra —dijo Verdugo arrancando el automóvil.

—¿Cuál sombra?

—El enemigo. Así lo ha bautizado el poeta. . . Y a nuestro club de jugadores de dominó le ha puesto el más lírico nombre de "la sombra de la sombra".

—No está mal, no está nada mal. Debería trabajar en mi diario ese poeta.

Mientras tanto, el susodicho se encontraba en la entrada de proveedores del hotel Regis tratando de venderle al jefe de cocina seis jamones de Toluca que muy bien pudieran hacerse pasar por jamones de Santander. Por cierto que los jamones no eran de Toluca sino de Tlaxcala, y el poeta los había recibido como recompensa por escribir un poema para los quince años de la hija de un hacendado de Santa Inés. Aún así, logró tras mucha labia de por medio, cambiarlos por 17 pesos y un vale por seis comidas en el restaurante del hotel. Cuando un rato más tarde trató de canjear los vales de comida del restaurante por el equivalente en bebidas en el bar, se encontró con un periodista norteamericano de la cadena Hearst quien discutía violentamente con Bertram Wolfe en un reservado. El poeta conocía a Wolfe, maestro de inglés en la preparatoria y amigo de los pintores que estaban decorando los patios de la escuela con enormes murales. El gringo le caía bien: en pocos meses su español había mejorado muchísimo y hablaba de México con cariño y buena ley. Escribía para una agencia de prensa de izquierda en Nueva York y colaboraba en los periódicos del partido comunista norteamericano, bebía poco y tenía una esposa, Ella, bellísima. Aún así, hubiera pasado de largo para sentarse en uno de los reservados más alejados de la puerta y con un par de copas enfrente tratar de darle vueltas a un poema que le rondaba por la cabeza, si no se hubiera dado cuenta de que los gringos discutían acerca del cadáver que había encontrado Manterola hacía una semana en el mismo hotel. De manera que, el poeta, que empezaba a acostumbrarse a que los hilos de la sorprendente historia en que se había metido se cruzaran y descruzaran con absoluta falta de respeto, jaló una silla y se sentó con ellos.

Poco hay que añadir sobre ese día, fuera de que, mientras el chino terminaba su trabajo en el segundo turno, Rosa vio dos o tres veces desde la ventana del cuartito en Contreras un par de sombras que desde la esquina vigilaban su casa; que Pioquinto Manterola tuvo una noche de pesadillas en las que una mujer desnuda y con pamela en la cabeza avanzaba sobre él para abrazarlo, con un par de enormes cuchillos de carnicero en las manos; y que Pancho Murguía, el general favorito de Carranza, entró al país desde los Estados Unidos para protagonizar otra rebelión militar, aunque de corta duración y poco exitosa, contra los barones de Sonora.

31

LOS PERSONAJES INICIAN UN JUEGO DE DOMINÓ QUE NO TERMINA, EN LO QUE MUCHO TIENEN QUE VER EL PERIODISTA Y SUS 15 PREGUNTAS

Cuando el poeta sacude la puerta de vaivén del Majestic, Tomás está ante la barra bebiendo una copa, y no da muestras de que el aire de la calle haya entrado, pero Manterola y Verdugo, en la mesa habitual, sonríen.

Hay que jugar esa partida de dominó y no tanto por la forma como las fichas caigan sobre la mesa, sino porque de alguna manera hay que tomar el control de la historia que se ha trenzado en torno a ellos, como una obra teatral, en la que un director distraído ha olvidado repartir los papeles de algunos personajes, que así se ven envueltos en diálogos, asesinatos, fiestas, orgías y cánticos, sin que quede muy claro qué tienen que representar. El poeta lo sabe y va directo a la mesa, sin bromas ni prólogos. Incluso Tomás se siente atraído por esa nueva urgencia, y deja la copa a medias para ir a sentarse con sus compañeros.

El cambio en las reglas se deposita sutilmente en el aire, y el cantinero, que no lo entiende, lo presiente como una pequeña amenaza, por eso no se acerca al mármol, donde las fichas, bajo los dedos hábiles de Pioquinto Manterola, giran mezclándose y mostrando su lado negro a los jugadores.

No querrán reconocerlo, pero por esta única vez los lugares no han sido sorteados. Se han dejado caer sobre las sillas sin concierto.

—Sale, pues, señoles —dice Tomás dejando caer en el centro el doble seis, y su anuncio es la señal esperada para que el periodista desenvuelva una hoja que saca del bolsillo del chaleco y sugiera:

—Tengo una lista aquí de algunas preguntas que me han cruzado la cabeza, para ver si logramos ordenar el lío éste en que estamos sin deberlo ni temerlo.

—Vamos a pasar a la ofensiva —dice el licenciado Verdugo poniendo el seis/cuatro.

—¿Lo dice pol los cuatlos? —pregunta Tomás, que goza la premura de sus compañeros quizá porque su máscara se le ha quedado ya en la piel, y se divierte de que los gestos "impasibles de los orientales" se les atraganten a sus amigos.

—Me doblo —dice el poeta.

—Jugador de tercera quien se dobla a la primera —recuerda Manterola.

—No, por los cuatros no. Evidentemente —dice Verdugo y luego mirando al periodista—. Vamos, Manterola, esta historia me sacude la modorra en la que he andado desde noviembre de 1887.

—¿Qué pasó en esa fecha? Claro, el día en que nació. Perdón, soy lento —dice el poeta.

—No están en orden, desde luego, pero ahí les van. Primera: ¿Qué reúne a Margarita, viuda de Roldán, con el coronel Gómez, con Conchita la secretaria, con Celeste la hipnotizadora, con Ramón el gachupín eyaculador a distancia, con el teniente de apellido desconocido y con el aristócrata francés del que poco sabemos? ¿Qué los une? ¿Quiénes viven en esa casa y por qué? ¿Quiénes son los asiduos? ¿Qué los trenza?

—Muy buen estilo, señor periodista. Muy bonita la primera pregunta —dice el poeta. Y mirando el cinco que jugó el chino piensa que la salida de seises de su compañero, hasta ahora respetada por todos, ha sido accidental; obedeciendo a un reflejo, cambia los dos seises que había puesto juntos, uno lo alinea cabeza abajo con los treses, el otro con las blancas.

—¿Quieren respuestas o basta con las preguntas? —inquiere Verdugo sonriente, un poco avergonzado de querer y no querer involucrarse en la historia que sin pedirles permiso ya los encarceló.

—Dejemos las respuestas para después —dice el periodista; juega un cuatro dejando correr el seis inicial por el otro lado de la mesa, y lee con voz opaca, sin inflexiones—: Segunda: ¿Quién mató al sargento Zevada? ¿Quién al coronel Zevada? Supongamos que él o los mismos y pasemos al porqué. Ahora sigamos pasando y preguntémonos ¿qué une a los hermanos Zevada con el grupo de Gómez y la viuda? ¿Con todos ellos? ¿Con algunos? Sabemos que los Zevada conocían a Margarita, o al menos tenían una foto de ella, porque siguiendo esa foto fue como los encontramos, sabemos además que Margarita estaba en el edificio enfrente del periódico cuando cayó el coronel Zevada. No sabemos más.

—Buena segunda pregunta, mi estimado —dice el poeta de nuevo. El chino en silencio se debate entre seguir el hilo de las preguntas o buscar cuadrar a seises, porque se huele que su compañero ha interpretado mal el que no entrara de nuevo el seis por su lado, pero el sonso tampoco lo había empujado.

—Siga usted, caballero, por ahora tenemos muchas más preguntas que respuestas —dice Verdugo mostrando una amplia sonrisa.

—Me doblo —dice el periodista y mete la de doses.

—A seises —dice el chino respirando tan suavemente que su suspiro es privado.

—Vaya, se aclara el misterio —dice Verdugo.

—Tercera —dice el periodista—: ¿Por qué el más sonso de los Zevada tenía joyas en el bolsillo?

—Bien —dice el poeta—. Bien a las dos, a los seises y a las joyas. La vida se aclara y confirma mi filosofía de que cuando no se entiende un carajo hay que dejar correr el agua bajo los puentes.

—Cuarta: ¿Cuántos zurdos aparecen en la historia?

—Antes de pasar a la quinta, le sugiero que dividamos a los Zevada no en sonso o listo, a no ser que usted tenga algún elemento para hacerlo así, sino en Zevada trombonista y Zevada coronel —dice Verdugo mientras indica con un suave golpe de las fichas en la mesa, que pasa.

—Quinta: ¿Qué hacía la viuda Roldán en el edificio de la calle Humboldt? ¿Qué hacía Zevada coronel? ¿De qué piso cayó? Hay que ser idiota, pero estaba tan fascinado por la mujer, que ni siquiera me enteré de nada. Me culpo de absoluta falta de profesionalismo, ni siquiera leí la nota del colega que cubrió la información.

—Eso está fácil —dice Verdugo—. Yo sí la leí. Se tiró o lo tiraron de la casa Weiss. De una ventana que hay en la antesala de la oficina de los joyeros.

—Pero no había joyas en el cadáver. Eso me consta.

—Y si quiere ir más lejos, el joyero dijo que no lo conocía.

—Lamento palecel pedante en un momento como éste, pelo en vista de que el amable peliodista no se decide a ponel ficha, puedo sugeliles que lean a un esclitol inglés que se apellida Conan Doyle.

—¿Está traducido?

—No —dice Verdugo—, pero Tomás tiene razón. Publicaba una serie de detectives muy famosa en el *Strand Magazine*. En Estados Unidos causa furor. Tiene un detective que siempre anda con un médico.

—Será que lo necesita. Como nosotros.

—No, lo siento, nada de ingleses todavía, con el francés que tenemos basta. ¿Por cierto cómo se llama?

—Michel Simon o algo así, y no sé si es zurdo, pero la

pistola la carga del lado izquierdo, en el botín. Una pistola pequeña, una Derringer o alguna basura así —dice Verdugo.

—Las Derringer las usan para hacer los agujeros en el queso gruyere —dice el poeta.

—A tres metros, mata igual que un Colt 45 special —dice Verdugo que sabe de eso.

—Sexta, entonces, y tome usted un cuatro, mi estimado hijo del oriente.

—Sinaloa ta pal occidente, peliodista. Pelo se agladece el cuatlo.

—Sexta, pues: ¿Cómo llegó Gómez a coronel de la gendarmería del DF si él era amigo de Pablo González? ¿Por qué sobrevivió a la purga de los gonzalistas en el 20?

—Ésa está buena. ¿Sabe algo, Tomás? —pregunta el poeta.

El chino niega con la cabeza.

—Séptima: ¿Murió de muerte natural Roldán? ¿Es viuda de muerte natural Margarita?

La partida se ha detenido; contra su costumbre, los jugadores no han logrado simultanear la colocación de las fichas y la conversación. Ni los parroquianos se acercan a la mesa a mirar, como a veces sucede, ni el cantinero trae la habitual botella de habanero con cuatro copas.

—Octava: ¿Tiene algo que ver el "Club de la Sombra", como lo llama nuestro amigo el poeta, con el inglés asesinado en el hotel Regis? ¿Era circunstancial la presencia y el fraude con las llaves del coronel Gómez? ¿Quién es el inglés asesinado? ¿Qué estaba haciendo en la Ciudad de México? ¿Quién es su amigo desaparecido? ¿Dónde está el millón de pesos en acciones?

—A eso puedo añadir algunos datos —dice el poeta—. De casualidad estuve con Wolfe y con ese otro pájaro de la cadena Hearst, el Williams, hablando de nuestro cadáver ayer.

—¿Qué dice Wolfe? —preguntó Pioquinto Manterola que conocía al periodista norteamericano.

—Que era un emisario de los anglo-holandeses, que se encontraba en México para entrevistarse con el gobierno en torno a los derechos de exportación de las compañías. Wolfe tiene muy montada su teoría. Dice que a consecuencia del tratado Lamont-Delahuerta, que se negoció en Nueva York, y del reconocimiento por parte del gobierno de Obregón de una deuda de mil millones de pesos en la banca internacional, que se garantizó con los ferrocarriles nacionales y los derechos de exportación de las compañías petroleras, los barones del petróleo piensan que la administración va a tratar de aplicarles rígidamente el Artículo 27 en torno a la propiedad nacional del subsuelo y que eso forzará negociaciones bastante agrias. Que el ingeniero Blinkman era el primer submarino que manda el Águila para negociar por separado de los americanos las condiciones, antes de que todo reviente en la cara del gobierno de Obregón y se llegue a mayores. Williams dice que Blinkman era de costumbres raras, y que le metieron una pistola en la boca por no meterle otra cosa, asunto de pantalones, lo llama. Wolfe jura y perjura que ahí hay mano negra de las compañías, cree que se lo fundieron los pistoleros de los norteamericanos de la Huasteca o la Texas Oil. Augura muchos muertos sin nombre en la lápida en los próximos meses, si las compañías comienzan a jugar bacarat unas con otras. Williams dice que lo mató Van Horn, su compañero de cuarto, el desaparecido.

—Eso me lleva a la pregunta nueve: ¿Qué tiene que ver Tampico con todo esto? Zevada y Gómez se hicieron coroneles en Tampico, ahí tienen su cuartel las compañías petroleras. ¿La historia nos lleva a Tampico?

—¿Tomás? —pregunta Verdugo.

—Yo tlabajaba de lavandelo, luego de calpintelo. Los

conozco, sus nombles elan famosos en toda la zona petlolela. En la huelga del 19 estaban los dos allí dando óldenes de que se lepaltiela plomo a los trabajadoles. Más no les puedo decil. Tampico ela una ciudá sucia, pol la que colía plata a montones, se complaban y vendían coloneles, genelales, tielas. Se mataba muy fácil. El petlóleo es como un chalco de mielda negla, muy negla. Más no sé.

—Bien, y décima: ¿Qué tiene que ver la china de Tomás con todo esto?

—Nada —dice Tomás y sonríe olvidándose un instante de Tampico.

—Perdona, Tomás, pero no hay casualidades en esta historia, y cuando a mitad de un tiroteo una mujer sale corriendo de un tugurio y te pide que la salves, no me queda más que preguntar.

—Nada —repite el chino.

—Undécima, entonces: ¿Quién contrató al gallego Suárez y a Felipe Tibón para que nos mataran? ¿Quién era el tercer muerto después del tiroteo de aquella noche? ¿Tras quién de nosotros iban? ¿Tras de mí, porque me había acercado a la viuda y hecho tres sugerencias tontas? ¿Tras el poeta que había visto al asesino del trombonista Zevada? ¿Tras Tomás que había salvado a Rosa López y se la había llevado? ¿Tras de mí por decir en el periódico que Blinkman había sido asesinado y no se había suicidado? ¿Tras los cuatro? ¿Tiene o no tiene que ver con el resto de la historia?

—Demasiadas preguntas pará mí en una sola noche —dice el poeta.

—Espérese, amigo Fermín, ahí le va otra. Duodécima: ¿Qué quería de mí Margarita Roldán cuando me visitó en el hospital?

—¿Y qué de mi Celeste la hipnotizadora, además de explicarme lo del magnetismo? Ésa es la misma. Yo nunca me pude enterar.

140

—Otra más, la decimotercera: ¿Quién es el oficial que sin agua va le suelta una tanda de plomazos a nuestro poeta y por qué?

—Ésa es fácil —dice Verdugo—. Si no hubiéramos bebido tanto vino de Ávila el otro día, ya estaría resuelta: ¿Es un hombre de un metro setenta, con patillas, los ojos saltones, cejas muy gruesas, de menos de 30 años?

—No, coño, no. Si mal no recuerdo, porque fue cosa de verme y tirar de escuadra, era delgado y bastante más alto que yo, lampiño, medio güero, de esos güeros morenos por mucho sol o mucho frío.

—¿Por qué le sugirió el retrato? —pregunta el periodista.

—Pensé que podía ser el ayudante de campo de Gómez, un tenientillo que vi siempre al lado de él en la fiesta y que rondaba a la hipnotizadora —dice Verdugo—. Pero la descripción del poeta me suena conocida, quizá algún otro oficial del séquito de Gómez.

—Pues si no es, más difícil todavía. . . ¿Y no dijo nada antes de soltar bala? No parece muy mexicano el estilo ése.

—No dijo ni buenos días. Me miró, me remiró y me plomeó.

—Carajo, va otra. Decimacuarta: ¿Quién y por qué envió los bombones de chocolate envenenados al hospital? Otra más, decimoquinta: ¿Qué sabemos? ¿A quién estorbamos? ¿Qué hicimos?

—Ésa es la mejol —dice Tomás.

—Es la última.

—Ya son muchas —responde el licenciado Verdugo—. Y si no les importa vamos a cortar su papelito en pedazos y repartírnoslo. Creo que llegó la hora de que en lugar de preguntas, nos salgan respuestas en la lotería. De cualquier manera el juego ya se estropeó.

—Qué vergüenza, y ahora que Tomás y yo íbamos a ganar el cierre.

—Mi padre siempre decía que cuando se juega no se habla —dice Verdugo partiendo la lista del periodista en cuatro ecuánimes pedazos.

—¿Por qué le decía eso?

—¿Quién?

—Su papá.

—Mi señor padre nunca me dirigió la palabra —contesta Verdugo.

El poeta sonríe. Tomás se pone de pie y va hacia la barra del Majestic.

32

ENCUENTROS CON VIEJOS AMIGOS EN DÍA DE LLUVIA

La Ciudad de México se prolonga en el sur en el mundo proletario de San Ángel, Puente Sierra, Tizapán, Contreras. Ayuntamiento unidos al DF por el delgado cordón umbilical del tranvía de Tacubaya. Calles empedradas que forman laberintos, callejuelas que siempre desembocan a las grandes fábricas textiles que ocupan cascos de viejas haciendas: La Abeja, La Carolina, La Eureka, La Magdalena, La Alpina, Santa Teresa, empresas con patrones franceses, ingleses y españoles; fábricas sudorosas por los departamentos de tintes, rodeadas de roñosas casas proletarias que la empresa cede temporalmente a los trabajadores, y pequeños huertos donde los obreros trabajan unas horas a la semana intentando no olvidar sus orígenes campesinos.

En el sur llueve. Y en esta ciudad que nació para la lluvia, la lluvia la enloquece. Las calles se llenan de torrentes que bajan hacia la placita del ayuntamiento de San Ángel, crean ríos de lodo, encharcan a los automóviles y las carretas que transportan materias primas, alucinan a los ciclistas y ponen nerviosos a los caballos de la gendarmería montada que patrullan regularmente la zona.

Tomás, cubierto con una manga de hule gris, saltó los charcos apoyando los pies en los adoquines. Resbaló una y otra vez y mágicamente conservó el equilibrio. Por fin se detuvo ante una pequeña lonchería, donde tres o cuatro obreros comían en las mesas más apartadas de la entrada; uno de ellos, flaco, cecijunto, de nariz afilada, con la gorra de fogonero colocada a un lado de un plato de sopa que no ha sido tocado, leía el tomo dos de *Los miserables*.

—Sebastián —dijo el chino acercándose.

—Coño, Tomás no sabía que serías tú —respondió mostrando una sonrisa caballuna.

—Hace un año, ¿no?

—Más o menos —dijo Sebastián invitando al chino a sentarse—. Después de mayo de 1921 no nos volvimos a ver.

—¿Volviste plonto?

—Estuve en Guatemala seis meses, haciendo algo de organización por allá, y luego entré caminando por la frontera. Vaya mierda, chico, había más mosquitos que árboles. Luego tuve que cambiar de nombre y estuve en Atlixco a fines del año. Los amarillos empujaban mucho y me mezclé en un tiroteo del carajo. Otra vez tuve que salir de allí y volví a Tampico. Pero ya no es igual que cuando estábamos por allá. Todo el tiempo ando a media sombra, no puedo hacer trabajo abierto, hablo en una asamblea y un par de semanas debajo de la mesa. De cualquier manera la cosa allá se está poniendo buenísima, chipén. Cada vez hay más propaganda de la idea en los campos. No tarda en surgir un sindicato petrolero con nuestras ideas. Es cosa de meses, a lo más de un año, amigo.

—¿Y ahola aquí?

Sebastián se levantó y abrazó al chino, al que siempre ponía nervioso la emoción ajena, pero que a pesar de su envaramiento respondió.

—Estás más flaco, amigo. Desnutlición glave es lo tuyo.

—Coño, salí de Tampico, pasé por San Luis Potosí, quedé en casa de unos compañeros, pero no tenían comida ni para ellos, qué iba a hacer.

—¿Te buscan pol aquí?

—No creo que sepan que estoy en México, pero si alguien me reconoce, y me denuncia, voy jodido. Hablé con Huitrón y con Rodolfo Aguirre y ellos me dijeron que me metiera en el sur, que no bajara para la ciudad. ¿Se puede conseguir trabajo de mecánico por aquí?

—Siemple faltan buenos mecánicos, soble todo en caldelas, pero si no tlaes lecomendación van a dalte menos sueldo. Van a aplovechalse.

—Tengo las mejores recomendaciones falsas del mundo, amigo. No faltaba más, por papeles nunca va a quedar la cosa.

—Entonces, hecho, fácil. Hay que buscal una fáblica pequeña donde no haya gente que te conozca o sean de mucha confianza. Podlía sel La Plovidencia. O La Aulelá. ¿Vas a tlabajal en el sindicato?

—No, sólo en los grupos. Por eso pregunté por alguien que me conectara al grupo más cojonudo de por aquí. Tengo un par de ideas que quería proponerles.

—¿Quiéles ploponel alguna acción dilecta? El glupo es dulo, pelo es un glupo de plopaganda. A veces no quedó otla que salil a la calle, pelo nada de acción individual.

—¿Me van a escuchar antes de decir no? —dijo Sebastián San Vicente, mirando fijamente al chino.

—Clalo.

—Bueno, pues eso. ¿Dónde me puedes guardar hasta que cobre el primer sueldo?

—En mi casa, pelo sólo hay una cama pala los tles —dice Tomás pensando en que la cama es estrecha para tres y que nuevamente habrá que organizar un dispositivo de unos cabeza arriba y otros cabeza abajo. A Rosa no le hará mucha gracia.

—Hermano, yo duermo en el suelo, no faltaba más. No sería la primera vez. ¿Te casaste, Tomás?

—Tengo una compañela, pelo es una histolia muy lala, ya te contalé.

—¿Podría conseguirse alojamiento para otro compañero que viene de Puebla? Un compañero de confianza, yo lo garantizo.

—Supongo que sí, déjame hablal con los compañelos el sábado.

Tomás se quedó mirando a Sebastián San Vicente, el anarquista deportado en mayo de 1921 por la policía de Obregón. Un hombre de confianza si los hay, pero muy dado a responder a la violencia del sistema con la violencia individual. San Vicente, en cambio, miraba la calle batida por la lluvia sin abandonar la sonrisa.

En las afueras del café París también llovía violentamente. Una vendedora de flores se había cobijado en la puerta y le bloqueaba la vista de la calle a Pioquinto Manterola. La lluvia lo ponía triste usualmente, pero ahora, además, le dolía la reciente herida de la pierna. Un dolor suave y difuso alrededor de los músculos que había cerca de la cicatriz. Una y otra sensación le impedían concentrarse. La lluvia, como a todos los periodistas de casi cuarenta años, le recordaba viejas historias de amor; casi siempre se trataba de amores estropeados por la impaciencia y la vocación de propietarios con que el amor se acompaña.

—Otra más, señor —dijo el camarero ofreciendo la botella de brandy español.

—No, Marcial, dos son más que suficientes con esta tarde de lluvia. Pero sirva otra enfrente, que la persona a la que espero atravesará la calle, se mojará en ese charco y cruzará la puerta en menos de un minuto.

—¿Cómo lo sabe, señor?

—Porque desde que la conozco siempre llega media hora tarde —dijo el periodista sacando del chaleco un reloj suizo de concha que había tenido que ser reparado después de una bronca profesional y ostentaba dos gruesas cicatrices en el plateado de la tapa.

146

El periodista levantó la mirada, la vendedora de flores se había recostado en la entrada del café, y pudo ver a Elena Torres descendiendo de un taxi y cruzando la calle saltando los charcos.

Elena y el periodista se conocían desde el año 1919, cuando la maestra yucateca llegó a México como representante personal de Carrillo Puerto y del Partido Socialista del Sureste. Había sido la única mujer presente en los congresos socialistas de Yucatán y su paso por ellos se había reflejado en decretos sobre el divorcio, el trabajo de la mujer y el derecho femenino al voto. En México había sido promotora del feminismo rojo junto con Evelyn Roy, editora de *La mujer* y miembro destacado del primer Partido Comunista, incluso editora de *El comunista*, uno de los primeros órganos del PCM. La revolución de Agua Prieta la empujó junto con Carrillo Puerto a las filas de los triunfadores, y fue secretaria de la policía del DF en el efímero gobierno de Ramírez Garrido. Luego se había unido a un bloque feminista dentro de la CROM, con la que había roto hacía unos meses separándose del siniestro Morones. Seguía muy vinculada al Partido Socialista del Sureste y operaba como coordinadora del grupo parlamentario de los yucatecos dentro de la Cámara.

La mujer entró al café sacudiéndose una bota, que había hundido en el charco de la entrada, se acercó a la mesa y apuró su coñac de un trago, como si tuviera prisa.

—Hola periodista, ¿para qué soy buena?

Era una mujer rubia, pequeña de tamaño, que no rebasaría los 30 años, de rasgos muy marcados y voz gruesa. Casi nunca sonreía, y cuando lo hacía era de temerse.

—Siéntate, Elenita, necesito información —dijo el periodista poniéndose de pie y esperando hasta que la pequeña rubia se hubiera sentado.

—Eso se da por sabido, periodista, lo que me interesa es por qué me la cambias.

—No tengo nada para dar, Elenita. Anótalo en la cuenta de deudas.

—Si todas tus cuentas de deudas estuvieran como la que tienes conmigo, no te atreverías a salir a la calle.

—¿Qué sabes del coronel Gómez? ¿Por qué siendo gonzalista es el comandante de la gendarmería de la Ciudad de México?

—¿Gómez? ¿Ése es el santo al que ahora le rezas, periodista?

—La semana pasada me metieron un tiro, Elenita, y necesito saber si Gómez está atrás de la historia.

—Uf, pésimo enemigo te buscaste, ese tipo es una serpiente, no creo que le simpatice ni a sus amigos. ¿Lo conoces personalmente?

—Una vez en Pachuca ordenó que me fusilaran, pero creo que nunca nos vimos a más de 10 metros.

—¿Y te fusilaron?

—Claro —dice el periodista y la mano, inconsciente, va al pecho, donde hay una cicatriz más.

Elena ríe, sus rizos rubios se desparraman y la obligan a pasarse la mano por la frente ordenándolos.

—Se dice de él que antes de ser militar era capataz en una mina gringa allá en Coahuila, que se levantó tarde, por eso no llegó a general, con Carranza, y siempre le tocaron los trabajos sucios. Fue hombre de confianza de Pablo González. Pagador de la división del noreste. Fue jefe de armas en la región petrolera. La verdad es que si estuvo en alguna batalla no lo recuerdo, eso habrías de preguntárselo a un militar. Sé que estuvo en Tampico en el 19, y que fue el que ordenó que dispararan contra los huelguistas. Eso es lo suyo, trabajo de ejecutor, de oficial de pelotones de fusilamiento. Cuando vino el golpe de Agua Prieta se subió al burro de los generales levantados, la empezó con su protector, Pablo González, pero al ver cómo venían las cosas, cuando comenzaron a llegar los sonorenses a México, se acercó a Benjamín Hill y puso a su disposición las guarniciones de la Huasteca veracruzana. Dicen que enviudó en esos años, de muerte no demasiado natural. Alguna vez oí contar a alguien que fusiló a su mujer para que no le diera la lata; no me quedó muy claro si lo decía en broma. Es un tipo silencioso, trapichero, sucio de mirada y de pensamiento.

—Ésa es una definición de evangelista —dijo el periodista riendo.

—Qué quieres, el tipo me causa repulsión. Una vez me sacó a bailar en una fiesta y no soporté más que media polka. Cuando Obregón tomó la Presidencia, andaba buscando un hombre así para la gendarmería del DF y lo puso bajo las órdenes del general Cruz. Tal para cual. Hace meses me contó algún amigo que tiene negocios sucios con la administración, que maneja la adquisición de pastura y grano para los caballos del ejército en el Valle de México con una concesión torcida. Pero eso no es novedad.

—¿Y cuánto le da una concesión así?

—Seis o siete mil pesos mensuales de ganancias limpias después de pasar sobre a los otros cinco o seis que están en el enjuague. ¿Te sirve para algo lo que te estoy contando?

—Gómez y el petróleo, Gómez y joyas, Zevada y Gómez, dos coroneles. ¿Te suenan esas cosas juntas?

—Pero hijo mío, tú pides mucho. No me suena nada de lo que dices. Hace un par de años cuando estaba en la policía te podía haber dado más información, pero ahora soy una inofensiva maestra provinciana que sirve en la cámara de diputados a sus paisanos.

—Provinciana eres un poco, pero lo de inofensiva, Elenita, eso no te lo cree ni tu madre. Me contaron que el otro día le rompiste la tibia a un licenciado de una patada en un restaurante.

—El imbécil le había dado una bofetada a su esposa en público.

—¿No te quieres casar conmigo, Elenita?

—Jamás con un periodista, Manterola.

—Bueno, yo ya cumplí —dijo el periodista y desvió su mirada hacia la persistente lluvia que azotaba la cristalería donde las palabras Café París se leían al revés.

33

BONITAS HISTORIAS QUE VIENEN DEL PASADO: ROSA EN EL ESPEJO

Me miro ante el espejo roto y recuerdo un largo espejo con marco de madera blanca y olorosa. Soy y no soy otra, el cuerpo me miente y me engaña. El cuerpo se olvida de mí y se esconde. Pero la memoria del espejo es como si fuera la memoria de otro. Otros ojos que me miran desnuda, y admiran el color marfil de la piel y los pechos apuntando al cielo como si fueran a disparar y cazar pájaros. Pájaros de decoración para biombos chinos de casas del exilio.

Me miro en el espejo y pienso que nadie quiere ser diferente. Que nadie quiere ser diferente. Y menos aún pertenecer a algo que nunca he conocido y que este cuerpo desnudo no ha vivido como, como Cantón, Shanghai, Kangchow, Pekín. Sólo nombres de dos sílabas que no tienen recuerdos, pero que tienen reglas.

Me miro en este nuevo espejo y recuerdo el otro, y a la otra mujer, y aunque no quiero, recuerdo que en el espejo no sólo se refleja un cuerpo desnudo, sino también un rostro desnudo, otro rostro además del de la mujer que soy. Un rostro que mira el cuerpo como si lo poseyera, y lo posee. Propietario por compra; una mujer por tres vales de deudas del arrugado viejo que era mi padre.

Y destruyo el espejo que tengo frente a mí; pero no puedo destruir el otro que se queda vibrando pero intacto en mi imaginación y mis recuerdos.

34

MÁS LLUVIA Y MÁS PREGUNTAS,
Y TODO EL MISMO DÍA

Fermín Valencia y el licenciado Verdugo se habían puesto de acuerdo para combinar investigaciones y negocios.
El poeta había acompañado al licenciado al sexto juzgado
del DF para demandar a un torero por violación de una
corista, y el abogado había seguido al poeta hasta las oficinas de la Peltzer para que su amigo cobrara e indagara
sobre el teniente de la pistola fácil.

Entre uno y otro asunto, ambos se habían detenido en
la armería nacional, y siguiendo el consejo que alguna vez
Villa le había dado al pequeño poeta, habían mejorado
su armamento comprando dos escopetas con munición de
perdigón grueso y una pistola Walter alemana de repetición.

El Packard desvariaba ahora por San Juan de Letrán
sin rumbo fijo y en medio de la lluvia.

—Se llama Estrada el tenientito —dijo el poeta—.
Juan Carlos Estrada, y había ido a comprar llantas para
el parque móvil de la gendarmería.

—Gómez.

—Así es, y creo que con las llantas había algún negocio
sucio.

—¿Y qué explicación le dio a Peltzer del tiroteo?

—Le dijo al gringo que yo lo había insultado.

—Caramba, poeta, esto es cada vez más confuso. ¿Está
seguro de que no lo recuerda? ¿Alguna vez en los últimos
años no le hizo una chingadera al militarcito ése, no mató usted a su papá o sedujo a su hermana?

—Carajo, lo del papá no se lo puedo asegurar, pero ninguna Estrada pasó por mi cama, o yo por la de ella.

—¿Qué sigue entonces?

—Vamos sobre lo de las joyas. A mí me huele que por ahí hay un buen cabito para tirar de él.

Con las ventanillas cerradas, el Packard se fue llenando de vaho y de humo de los puros que poeta y abogado encendieron, hasta que silenciosamente levantó una cortina de agua enfrente de *El Demócrata* en la calle de Humboldt.

La oficina de Weiss hermanos tenía una antesala, y el poeta y el licenciado Verdugo dirigieron automáticamente la vista hacia el ventanal que daba a la calle. Los cristales que había roto el coronel Zevada al caer estaban reparados, y sobre ellos golpeaba plácidamente la lluvia.

—No se pregunta demasiado últimamente. Una revolución hace que las cosas sean así. Turbias, extrañas, sorprendentes. Alguien cambia una joya por un pasaje de tren, otro la cambia a su vez por tres caballos y una maleta. Un hijo recoge las joyas de su madre de una casa que se incendia, un soldado las roba a un cadáver que cuando estaba vivo las robó a otro difunto; una sirvienta de familia porfiriana liquida las joyas de sus amos. Todo es extraño. No son tiempos normales. Hace diez años que no pido facturas ni comprobantes. Compro y basta. Reconozco la propiedad del que me pone enfrente la joya, le doy un recibo y un precio justo. . . No se extrañen. Nada es lo mismo ahora. No es que sea irregular el negocio, ni fraudulento, es solamente que son tiempos extraños para el comercio —dijo en una sola parrafada el arrugado dueño de la extraña joyería.

La oficina, fuera de la enorme caja fuerte Stendhal y Cía., apoyada en cuatro patas de acero, podía haber servido para cualquier otro tipo de negocio. Las paredes estaban desnudas, el escritorio de roble barnizado sobre múltiples

153

rayas y desgastes estaba vacío. Ni siquiera un lente de joyero o una funda de terciopelo, unas pinzas o una lupa. Tras la mesa, Weiss, un hombrecito con el pelo blanco alborotado que sonreía a nuestros dos personajes, de pie frente a él porque no había más lugar para sentarse que un ridículo *loveseat* de terciopelo rosa adosado a la pared más lejana.

—¿Zevada?

—Nunca lo había visto. Sería la primera vez que venía a proponerme un trato.

—¿El apellido no le suena?

—Nada. La segunda vez que vinieron los de la reservada me mostraron la foto de un hermano de ese coronel. Nada, tampoco. Me mostraron incluso unas joyas. En mi vida las había visto.

—Margarita Roldán, la viuda del dueño de la imprenta La Industrial.

—Margarita Herrera, viuda de Roldán. Sí, ella, sí.

—¿Le compra o le vende?

—Las dos cosas. Pero ha comprado más que vendido. Nada del otro mundo. Un zafiro muy bello. Una tiara de perlas rusa, un par de diamantes en bruto. Un collar de topacios, seguramente para regalarlos. . . Nada del otro mundo. . . Se equivocan, señores. Yo lo único que he tenido que ver en esa historia es que he sido el que pagó el vidrio roto.

Dejaron el automóvil frente al Banco de Londres y caminaron bajo la lluvia cubriendo sus cigarros con el sombrero. Verdugo había insistido en acercarse a la cantina La Araña en la calle de Netzahualcóyotl, a tres pasos del sindicato panadero. Sin automóvil, "resulta ofensivo un Packard blindado en un lugar como ése, ¿sabe?".

Ahí el poeta descubrió los profundos saberes de su amigo el licenciado y su notable popularidad en ciertos ambientes de la Ciudad de México. Apaches, putas, traficantes

154

de bebida adulterada, raterillos, lo saludaban con afecto o cuando menos con respeto. A falta de música, una pianola mecánica descansaba sin operador en una esquina del cuarto, los gritos y el humo eran todo el ambiente de la piquera donde lo mismo se podía beber alcohol de 90° con jugo de caña, que coñac Napoléon auténtico.

Verdugo cumplió el ritual de ir a besar a la dueña del local, una mujer horrible y paralítica que despachaba tras la barra, y con la mirada buscó a su fuente de información.

El ambiente de La Araña tenía vibraciones festivas, solemnes y negras entremezcladas, pero captaba rápidamente cuando alguien andaba a la busca de información. En cuanto el poeta y Verdugo se hubieron sentado en una mesa cerca de la puerta, un ensarapado tuerto se sentó con ellos.

—Ñanga, Lic. ¿Vende o compra?

—Gratis, tuerto. Quiero alguien que ande de luto por dos amigos difuntos, y luego hablamos.

—Gratis ni a mi madre.

—Intercambio, pues; información por futuros servicios profesionales. El mejor abogado de México lo tienes gratis por una vez.

—Dos por una.

—Dos por una, tuerto. . . A los muertos los llamaban *Gallego* Suárez y Felipe Tibón.

—¿Quiere nombre o quiere persona, Lic?

—Mejor persona, tuerto.

—Tense quietos media hora a lo más y se los traigo —dijo el ensarapado personaje, y sin más dejó el tugurio caminando a buen paso. Los dos personajes se arrellanaron en las sillas, pidieron una botella de ginebra inglesa, un jarro de agua, tres limones, y se dispusieron a esperar. No pasaron ni quince minutos cuando el tuerto se presentó con un personaje enclenque y mojado, que portaba un traje que además de chorrear por la lluvia, le colgaba en las hombreras; tenía unos cuarenta años y el ceño permanentemente fruncido, los pelos negros brillantes sobre los ojos, la corbata negra y sucia bailaba sobre la camisa tocando a veces el bulto de la pistola.

—El gitano, para servirle, Lic —dijo el tuerto presentando a su acompañante y se esfumó en el ruido.

El recién llegado puso un sombrero negro de ala ancha sobre la mesa, a un lado de la botella de ginebra y arrastrando una silla se sentó apoyando los brazos en el respaldo.

—¿Para qué soy bueno, licenciado Verdugo?

—¿Me conoce?

—No personalmente, pero una vez usted defendió a una prima mía.

—O sea que ya trabajé para la familia.

—Déjelo así —dijo el gitano, y pidiendo permiso con un gesto, se sirvió una copa de ginebra en uno de los vasos de agua vacíos.

—La semana pasada, *El Gallego*, Felipe Tibón y otro tipo cuyo nombre no conozco, trataron de matarnos a mí y a otros tres amigos sin que hubiera habido antes ningún conflicto con ellos. Estoy seguro de que alguien les había pagado por hacerlo. ¿Quién?

El gitano pasó la mirada del poeta al licenciado y luego con una voz muy suave, pero que se imponía al ruido de las mesas cercanas, dijo:

—No era con usted, Lic. Querían al periodista. A usted no lo pidieron.

—¿Cómo lo sabe?

—Eso qué importa. A lo mejor yo arreglé el asunto. A lo mejor el muerto sin nombre era otro primo mío. ¿Qué importa? ¿Sabe cuánto cuesta un muerto en esta ciudad? Porque en Guadalajara o en Puebla es más barato. Aquí un muerto como ustedes, sin agraviar, un muerto sin importancia, vale como trescientos pesos. Ustedes ponen

156

seiscientos en la mesa y yo me hago cargo del que le dio el trabajo al gallego y al Felipe. Además hasta gusto me daría, porque no les advirtió que los marcados sabían tirar también. Ellos fueron a cazar conejos y les salieron apaches, Lic.

—¿Por qué seiscientos, amigo? —preguntó el poeta sonriente.

—Porque el que encargó el trabajo ni es un don nadie ni es un pendejo. También sabe tirar. O será que las tarifas están subiendo.

—Los mismos seiscientos por el nombre —dijo Verdugo.

El gitano se quedó pensando. Luego miró en torno suyo.

—Seiscientos y una promesa, Lic.

—Si se puede.

—Que no fallen, porque si no, no me voy a poder gastar a gusto el dinero.

Verdugo y el poeta se miraron. El licenciado sacó la cartera y separó seis billetes de a cien de lo que restaba del premio de lotería.

—Lo escuchamos.

—Carajo, si no fuera porque allá están las tarifas rebajas, me iba para Zacatecas o San Luis Potosí.

Verdugo tomó los billetes, los dobló y los pasó sobre la mesa hasta la mano de el gitano.

—Ni los esconda, Lic. Hay aquí más ojos que en un cine. Más de uno sin oír ya oyó —el gitano se sirvió un nuevo vaso de ginebra, lo apuró de un trago y dijo—: Ustedes quieren verle la cara al coronel Martínez Fierro.

35

TRABAJOS QUE DAN DE COMER

Manterola bajó su mirada de la virgen con mantos lilas y amarillos, miró al muchacho de 19 años, y se dio cuenta de que era dueño de la razón. ¿Cómo contarle a los lectores de su diario esa repentina sensación de certeza ajena que le había inundado al ver a aquel joven de mirada intensa, encorbatado, muy blanco y pálido, de labios gruesos y cejas interrogantes que parecía concentrar toda su fuerza en un par de ojos negros de mirada intensa?

—Señor Revueltas.

—Dígame Fermín, periodista.

—¿Por qué pinta una Virgen de Guadalupe un ateo?

—¿Es una Virgen? ¿No ve los colores? A lo mejor no es virgen. Desde luego es mexicana, ¿no lo diría usted? Y está de fiesta, ella y los que la adoran. Y los que la adoran son pueblo. No me explico bien, perdone usted.

—Se explica usted muy bien, lo que no sé es si yo podré decírselo a los lectores tan claramente. En el fondo soy un redactor de acción, sé contar choques, tiroteos, crímenes pasionales. No vine a hablar de murales.

—¿Le gustan las vírgenes de Tintoretto, las mujeres aladas de Boticelli? ¿Qué opinaría si pusiéramos la torre Eiffel en la Alameda?

—¿Pero el maestro Rivera está pintando en el anfiteatro la Creación?

—Vea los muslos de sus personajes, no se deje engañar por el título. Todos tenemos caminos para llegar a Roma, yo siento como el mío el del color.

—¿Usted estudió pintura en Chicago?

—Para lo que me sirvió. . . —dijo el joven contemplando a su Virgen de Guadalupe de colores brillantes, por la que habrían de pagar la Secretaría de Educación 400 pesos cuando el mural estuviera terminado.

—¿Y qué hay de cierto en que ha habido tiroteos en los pasillos?

—Ha habido más insultos que disparos. Los estudiantes están molestos porque les invadimos el muro con ideas. Pintan encima del mural, tiran chicles, papel mojado y a veces cambiamos un poco más que palabras. ¿A usted le gusta? —preguntó el pintor señalando la Virgen.

—Mucho —dijo Pioquinto Manterola que, dijera lo que dijera, no sólo era sensible a las noticias sanguinolentas sino en general a cualquier acto de pasión.

Manterola se alejó dejando al joven pintor, que trabajaba en un andamio acorazado y lleno de parches de madera para evitar las agresiones de los estudiantes, mirando a su Virgen.

Recorrió los pasillos de la escuela preparatoria y vio al francés Charlot trabajando en unos caballeros españoles que parecían monstruos metálicos combatiendo contra aztecas. Rivera no se encontraba ese día en los andamios. Males de amores, dolores de estómago y espalda combinados lo habían mantenido encerrado en su casa.

Cuando regresaba vio a Revueltas armado de una enorme brocha llena de pintura amarilla combatiendo con dos estudiantes, con pinta de catrines y bastante amanerados.

—Si no les gusta mírense el culo, señores —decía el muralista.

—Para pintar porquerías debería dejarlo todo blanco, es más acorde con el ambiente que debe de haber en una casa de estudios —le dijo un estudiante a otro, al que el

159

periodista reconoció como un tal Novo, quien llevaba versos ingeniosillos al periódico de vez en cuando.

—¿Necesita ayuda, pintor?

—Con la brocha me basto, periodista. Véngase un día después de las horas de luz y nos tomamos un trago.

—¿Ha lesionado a algún estudiante?

—Llevo tres, cosas menores, y con estos dos currutacos van a ser cinco —dijo el pintor avanzando. A su lado se había colocado un pequeño y moreno ayudante de no más de 16 años, que a falta de brocha rebosante de pintura tenía una espátula.

El periodista sonrió.

36

UN SECUESTRO Y UN RESCATE
QUE NO CORRESPONDE

Aunque el grupo *Fraternidad* era pequeño, sus miembros saturaban la casita de Tomás, ocupaban la cama y las sillas, e impedían que los oradores hablaran caminando. Ahí cada uno en su esquina desde que empezaba la reunión hasta que terminaba. No había reglas en el grupo, ningún grupo de afinidad tenía reglas. Se unían en torno a la simpatía, la coincidencia, y actuaban en el movimiento bajo puntos de acuerdo obtenidos en kilométricas reuniones. Había grupos dedicados a propagar el amor libre, grupos de promoción de la educación racional, grupos a favor de la acción directa violenta, grupos de propaganda de los clásicos anarquistas, o grupos de discusión. El *Fraternidad* era un grupo de seis miembros, que no hacía proselitismo; si alguno más se incorporaba, se daba por bueno, y si alguien lo abandonaba por motivos de ideas, de viajes o de aburrimiento, también. Sus principales inquietudes giraban en torno a la propaganda del sindicalismo revolucionario, y no sólo editaban de vez en cuando un folleto, sino que se hacían cargo de la distribución de la prensa de la CGT en la zona sur. Por sus manos pasaban los paquetes de *Nuestros ideales* y de *Solidaridad*, se distribuían y se cobraban los periódicos. El grupo tenía otra característica. Estaba formado por hombres que en los medios sindicalistas eran llamados "de acción", lo que significaba que tiraban tiros, que en los choques contra la gendarmería o contra los pistoleros de la

CROM, que habían tenido los sindicatos anarquistas de San Ángel y Contreras, se habían puesto al frente. Si se tuviera que definir la posición ante la violencia del jarocho Varela, del cojo Paulino Martínez, del repostero Hidalgo, nacido en Badajoz, España, del negro Héctor, un tabasqueño de 16 años, de Manuel Bourdillón, un hijo ilegítimo de un capataz francés que trabajaba en el taller mecánico de la Santa Teresa o de Tomás Wong, habría que decir que pensaban que la violencia de los trabajadores debía ser de masas, compañera de las movilizaciones, defensiva. Una especie de escudo del mitin, la manifestación o la huelga. La violencia justa para permitir al movimiento desplegarse, para cuidarle los flancos ante la violencia del sistema. Alguna vez. habían discutido el problema de la violencia individual, con mayor intensidad a mitad del año 20, cuando estallaron las bombas en el arzobispado y en la fábrica de joyas de fantasía El Recuerdo, por mano de Gómez. El grupo había expresado claramente que esas bombas no podían hacer avanzar el movimiento de las ideas y la organización anarcosindicalista. Que separarían a los sectores más blandos de un movimiento de masas que se expandía en esos momentos y que sólo unos meses más tarde daría nacimiento a la CGT. Por eso Tomás veía con precaución la presencia de San Vicente y su amigo *El Zurdo*, recién llegado de Puebla para la reunión.

—Tomás, tú me conoces, chaval, loco no estoy —dijo San Vicente sin perder tiempo—. No estoy a favor de la acción individual, no creo en la propaganda de las ideas por el hecho. Estoy en contra de los atentados como forma esencial de lucha. Soy un organizador sindical y lo he probado en todos lados, pero donde quiera que he estado he sentido la necesidad de un diario, y eso no lo podremos hacer si no pagamos a los redactores un sueldo, si no compramos una imprenta propia. ¿Qué pasó cuando la huelga ferrocarrilera en el 21? Que nos cerraron las puertas de las imprentas. ¿Qué pasó en Atlixco a principios de este año? Que cuando más necesitábamos la propaganda no teníamos fondos para hacerla. Saca el papel, *Zurdo*.

El *Zurdo*, cuidadoso, sacó un papel doblado en cuatro y comenzó a leer con voz mecánica.

—Proyecto para dos años de un periódico de la organización. Salarios para tres redactores, un tipógrafo, un cajista, un prensista, dos paqueteros, un administrador: 19,600 pesos. Imprenta, dos linotipos alemanes marca Stein de medio uso, peinazos, plomo, papel, tintas, máquinas de escribir, teléfono, muebles: 182 mil pesos. Gastos de correo durante dos años: 11 mil pesos. Tiraje aproximado: empezamos con cinco mil diarios y terminamos con veinte mil. Un folleto al mes. Un extra al periódico semanal, como el que hace en Argentina *La Protesta*. Local para el diario, los bajos de un local sindical, puede usarse la planta alta para reuniones. Con menos de cinco mil pesos sale. Total: 218 mil pesos, centavos más o menos.

San Vicente contempló los ojos brillantes de sus escuchas.

—¿De dónde quieres sacar el dinero, San Vicente, y cómo vas a explicar su origen? —preguntó Bourdillón.

—Una herencia de millonario turco que le cayó a un compañero inventado que a su vez se la cede a la organización. Montamos el número teatral, pero bien montado, ¿eh?

—¿De dónde, Sebastián? —insistió Tomás.

—Zurdo, saca el papel —dijo sonriente, y encendió un cigarrillo sin filtro.

El Zurdo sacó un nuevo papel de su chaleco remendado y leyó de nuevo:

—Tren correo de Puebla, detenido en Apizaco, a la altura del kilómetro once. Tres hombres en la acción, uno en la estación de Apizaco, uno manejando un automóvil, otro con los caballos. Total seis compañeros. Botín esti-

163

mado, 18,600 pesos a 21 mil. Pagador de la Asarco en la ciudad de Aguascalientes, en viernes, va acompañado de dos guardaespaldas de la empresa armados. Hombres para la acción, cuatro, a cargo del automóvil uno. Estimado, entre 19 mil y 23 mil pesos, según si lo hacemos en semana que es quincena o que no es quincena. Oficina central de correos y telégrafos en la Ciudad de México. . .

—Párale ya, manito. ¿Cuántos asaltos hacen falta?

—Nueve —dijo *El Zurdo* muy serio—. Tengo otro papel donde se describe cada uno al detalle. En dos meses nos los echamos. Todos en diferentes lugares, todos sin muertos ni heridos, limpiecitos. ¿Es así Sebastián?

—Hombre, de eso se trata, no me hace gracia matar a un pagador, o a un mirón, uno espera que las cosas salgan limpias.

—Si de casualidad nos detienen, si algo sale mal, si culpan a la organización de los asaltos, es lo que necesita el gobierno de Obregón para declarar ilegal a la CGT y hundir el movimiento.

—Es un riesgo, no me gusta engañar a nadie. Yo también lo he pensado —dijo San Vicente perdiendo la sonrisa.

—No me gusta —dijo Tomás tomando la cabeza entre las manos—. No me gusta nada. Ese peliódico es un favol que le halíamos a la gente. No selía un esfuelzo. No me asusta la violencia, no cleo que el dinelo que tengan esos. . . El tlen coleo, el pagadol de la Asalco, sea de ellos. Es tan nuestlo como de cualquiela, ellos lo lobalon. No es eso.

—A mí tampoco me gusta —dijo el negro Héctor.

—Ni a mí —repitió Paulino Martínez.

—Yo no lo tengo tan claro. Se ve que está bien pensado —dijo Hidalgo.

—Yo estoy de acuerdo con el compañero —dijo el jarocho señalando a San Vicente.

—¿Si decidimos que no la mayoría, te sometes a la decisión? —preguntó el francés a San Vicente.

—Si la mayoría decide que sí, ¿lo hacemos todos?

—Somos ocho. Halemos lo que diga la mayolía. Pelo de aquí no sale nada —dijo Tomás—. Vamos a dalnos una semana pala pensalo bien.

Los asistentes a la reunión estuvieron de acuerdo. Luego todo fue repasar rutinas para ver la distribución de prensa en los alrededores de La Abeja que seguía en huelga y por la que merodeaban los pistoleros de la CROM. La reunión se levantó como se había iniciado, sin ningún tipo de ritual.

—No te voy a ofender tratando de convencerte. Lo que tenía que decir ya lo dije. ¿Limpiamos un poco? —dijo San Vicente—. Oye, y tu compañera, ¿le pediste que no estuviera aquí mientras duraba la reunión?

—Le pedí que saliela y se fue al cine, pelo ya debelía habel vuelto hace lato —dijo Tomás vaciando en un bote de basura las cenizas de un plato.

San Vicente se tendió en la cama y se estiró suspirando.

—Creo que ya tengo empleo, en la Providencia. Di el nombre de Arturo Reyes. Sería mejor que comenzaran a llamarme Arturo todos los compañeros, no vaya a ser que se le escape a alguien.

Tomás asintió guardando una jarra de agua.

—¡Se la llevaron, Tomás, se la llevaron! —dijo el chavito que entró corriendo a la casa. La puerta se quedó zarandeando sobre los goznes.

—¿A quién, chaval? —preguntó San Vicente.

—A su china, señor, a la china de Tomás, se la llevaron.

—¿De dónde? ¿Quiénes Juan? —preguntó Tomás desencajado.

—Del cine Aurora, Tomás. Cuando salía. La jalaron y la metieron en un carro. Dos señores, y otro que manejaba, un carro como blanco, con rayas, con cosas de madera en la carrocería. Me traía de la mano. Me invitó al cine y a la salida se la llevaron. A mí me pateó uno para que la soltara, Tomás. Pero yo me agarraba a ella y le rompí el vestido.

—Mielda —dijo el chino.

—Eran chinos ellos también, Tomás, chinos como tú, pero ojetes.

San Vicente abrió el tercer cajón de la cómoda que le habían destinado y sacó un revólver del 38. Confirmó que las balas estaban en el cilindro y dijo:

—Sabes a dónde, ¿verdad?

—Mielda —dijo Tomás y abrió otro cajón para sacar su navaja.

Era sábado en la tarde y las parejas de soldados y sirvientas, la pareja más común en la Ciudad de México en esos días, paseaban sabroso por las calles de la colonia San Rafael. En particular abundaban enfrente del palacete de la familia Roldán, que el poeta y el licenciado observaban desde el Packard, estacionados unos veinte metros adelante de la entrada, sobre la calle Rosas Moreno.

—Repite la parte de la electricidad, poeta.

—Se la cambio por esa traducción suya del poema de Paul Verlaine.

—Lo mío es de amateur, pero tiene usted razón, ese muchacho, el Maples Arce, es el poeta de nuestros días.

—*La ciudad insurrecta de anuncios luminosos/ flota en los almanaques,/ y allá de tarde en tarde/ por la calle planchada se desangra un eléctrico* —recitó el poeta con voz suave, sin engolamientos.

—*Andábamos al azar de la noche y el camino/ como infames y como asesinos/ Viudos, huérfanos, sin techo ni hijos, ni mañana/ A la luz de bosques familiares en llamas* —le devolvió el licenciado Verdugo, que iba mostrando a su compañero de guardia extrañas sabidurías solitarias ejercidas en años de abandono.

Así habían pasado la tarde, interrumpidos tan sólo por algunos movimientos en el palacete. Hacia las cinco y cuarto había llegado la viuda acompañada de Conchita, y el licenciado Verdugo tuvo que hundirse en el asiento del chofer para que no lo vieran. Una hora y media después salió el gachupín Ramón en un Ford destartalado. Mientras éste estaba fuera, la hipnotizadora Celeste abandonó la casa vestida de largo, en un taxi que sin duda habían pedido por teléfono. Luego nada.

El palacete, visto desde el exterior, era una pequeña mole de piedra gris, con un gran jardín construido hacía no más de 5 años, con una doble entrada habilitada para los automóviles cubierta por una reja negra. Se ascendía por unas escaleras imponentes rodeadas de barandales de piedra rosa coronados por jardineras llenas de malvas. Desde la calle y a través de las verjas, se podían ver los vitrales iluminados del salón principal.

La ocurrencia de hacer unas horas de guardia había salido del poeta, quien al no hallar al periodista en *El Demócrata*, y no tener manera de encontrarse con Tomás, para comunicarles la extraña aparición del coronel Martínez Fierro en la historia, había pensado en gastar el tiempo mientras llegaba la hora de una posible cita en la cantina del Majestic. Había arrastrado prácticamente al abogado, que se resistió porque quería darse una vuelta por su casa para cambiar de ropa y revisar papeles para el lunes que tenía audiencia. Aún así, era evidente que ni siquiera el insistente poeta tenía alguna esperanza en que la vigilancia sirviera para algo. Pero la vida se encarga de que todo salga siempre al revés de lo que se espera.

—Ahí está de nuevo el gachupín con el Ford —dijo el poeta forzando a su compañero a desperezarse y a mirar por el espejo retrovisor.

El claxon del Ford sonó tres veces y las rejas del garage se abrieron. Ramón se bajó del coche y caminó hacia la entrada. El poeta sintió la advertencia de que algo fuera de lo natural iba a suceder cuando Ramón miró cautelosamente hacia ambos lados de la calle un par de veces. Por la puerta del garage asomó el francés, vestido con un traje gris y bombín y arrastrando a un hombre que se resistía. Ramón se acercó a ayudarlo.

—¿Qué está pasando? —dijo el poeta.

—¡Agarre la escopeta, amigo! —gritó el licenciado abriendo la puerta del Packard. El poeta, más lento que su amigo, perdió unos segundos poniéndose los lentes que guardaba en el bolsillo de la chaqueta, y luego buscó la escopeta en el asiento trasero, y corrió mientras la cargaba.

—¡Las manos arriba, par de payasos! —gritaba Verdugo mientras tanto a la pareja de sorprendidos personajes que habían dejado caer al suelo al hombre que arrastraban hacia el coche. El ciudadano, en un estado lamentable, la cara ensangrentada, llena de arañazos, la camisa harapienta y llena de sangre, los pantalones rotos, trataba de izarse agarrándose de la pernera del pantalón de Ramón.

—Esto es un abuso, carajo —dijo el gachupín.

—¿Y cómo llaman ustedes a lo que le hicieron a ese pobre cristiano? —respondió el poeta encañonando al francés para que no siguiera moviendo su mano hacia la bota izquierda. Porque el poeta podía ser lento de reacciones pero, desde luego, no era lento de memoria.

—¿Que c'est quil pas? —dijo el francés para decir algo, porque la verdad es que todo estaba clarísimo.

Verdugo se acercó al hombre que con los ojos en blanco y más que nada por reflejo continuaba absurdamente tratando de levantarse, y con una fuerza que nadie hubiera sospechado, lo cargó y se lo echó a la espalda.

—Caballeros, recen, porque les vamos a hacer unos agujeros —dijo sosteniendo la escopeta con una sola mano y apuntando alternativamente a los dos personajes.

—Yo tengo buena memoria, caballero —dijo Ramón.

—Usted no sabe ni dónde poner el pito —respondió Verdugo. El poeta que controlaba calmadamente la situación dando de vez en cuando vistazos de reojo al interior del palacete, se soltó riendo.

Ante la azorada mirada de una sirvienta que había salido a pasear el perro, los dos personajes y su beneficiado amigo, que como fardo era transportado por el licenciado, llegaron hasta el Packard. Mientras el poeta apuntaba al francés y Ramón, Verdugo puso en marcha el coche. El poeta se subió a la salpicadera y agarrando la portezuela con la mano libre para sostenerse dijo:

—Arranque, licenciado, siempre quise ser actor de una salida espectacular.

—Cuando el Packard dejó el bordillo de la acera quemando las llantas, el poeta, colgando del exterior del automóvil, descargó su escopeta a unos metros de sus azorados enemigos, haciendo pedazos una de las jardineras de malvas.

—¡Viva Villa, maricones! —gritó lleno de felicidad como despedida.

—Quizá en ese mismo momento el chino Tomás y su amigo Sebastián San Vicente descendían de un taxi en La Alameda y caminaban hacia el Callejón de Dolores.

A esas horas del atardecer, cuando las primeras sombras se comían la luz, el barrio se iba transfigurando, los comercios y los restaurantes abiertos a todos comenzaban a segregarse y la población de origen chino se apropiaba de las calles. El opio, oculto durante el día en salones elegantes y tugurios, asomaba tímidamente a la calle, los mendigos se transformaban en consumidores, padres de familia, amorosos amantes; los desechos humanos se dejaban caer a mitad de la calle, y no provocaban más respuesta que un ágil saltito para liberarse de ellos. La lluvia de los últimos días había enfangado el suelo empedrado del callejón mal alumbrado. Tomás sorteó un vendedor de yerbas medicinales que lo perseguía con una charola de madera llena de muestras y se detuvo ante el restaurant El Pato de Pekín. Su rostro y el de San Vicente, que se pegaba a él como sombra, se iluminaron un par de veces cuando las puertas del restaurant se abrieron para que salieran clientes, mientras Tomás meditaba.

—¿Qué esperamos, Tomás?

—Aquí es, de aquí salió. De aquí o de la casa de al lado.

En el trayecto, Tomás había apartado de su cabeza la pregunta de qué tanto le importaba la muchacha. No quería que las emociones le nublaran el pensamiento. Pero había tan poco material para jugar con él. Sólo sabía que Rosa había sido vendida por deudas de juego contraídas por su padre, dueño de una lavandería en la calle López, a un chino propietario de un restaurant, y que la muchacha, aprovechando la entrada de la policía en el casino la semana anterior, se había escapado.

Por fin se decidió y empujó las cortinas de cuentas engarzadas.

—Quielo hablal con el dueño —le dijo a un chino de chaquetilla blanca de camarero.

—Ta'i Lu —dijo el chino informándoles del nombre de su patrón.

—No hablo chino, compañelo —respondió Tomás. El camarero lo miró fijamente y les señaló un reservado al final del restaurante.

Había un par de parejas comiendo y dos occidentales bebiendo té y hablando de negocios con un chino, cerca de una barra pintada de laca roja. El lugar se veía bastante desolado a esas horas. San Vicente, tras observar con cuidado la puerta trasera por donde había desaparecido el camarero, encendió un cigarrillo y se dispuso a esperar. Tomás se sentía tan ajeno al lugar como su compañero. En el fondo él era un chino accidental.

—Pasen por aquí, por favor —dijo el camarero al cabo de un instante.

Tomás lo miró apreciando que pronunciaba las erres sin problema.

Con una lámpara Coleman por delante, el camarero los precedió a través de oscuros y estrechísimos pasillos. Pasaron por la trastienda de la cocina, por un almacén de granos y verduras, por un pasillo lleno de cuadros y tapices colgados y amontonados en las paredes, por un corral de patos y gallinas, por cuartos llenos de cajas. Seguían un rumbo errático, lo mismo a la derecha que a la izquierda, que regresando sobre sus pasos. Cuando habían recorrido no menos de quinientos metros, el chino abrió una puerta en la que terminaba el laberíntico pasillo y se hizo a un lado para que Tomás y San Vicente pasaran. Nuestros personajes se encontraban de pie en una gran sala desierta, adornada como teatro de variedades y dominada por un gran sillón de bambú rodeado de escupideras de bronce. La puerta se cerró tras ellos.

—¿Qué coño es esto?, ¿dónde estamos? —preguntó San Vicente caminando hasta el centro de la sala.

—Ve tú a sabel —respondió Tomás acercándose.

Entonces el suelo se hundió bajo sus pies.

37

BUSCAR EN LOS CALCETINES

A lo largo de sus muchos años como cronista policial, Manterola había elaborado una opinión muy precisa sobre las limitaciones y posibilidades de la policía surgida de la Revolución; estas impresiones se concentraban en una sola: no servía para nada. La policía sólo descubría un crimen por casualidad. Sus contactos con el hampa de la Ciudad de México eran tan amplios y tan estrechos que la zona de sombras que servía como frontera era una enorme región en la que policía y delincuentes convivían dedicados a los mismos quehaceres. Ahora bien, si la policía no servía para nada, el hampa de la Ciudad de México, desde 1916 en adelante, una vez que la Revolución dejó tranquila a la capital, se había sofisticado notablemente. Por un lado, la guerra mundial había desviado hacia el país a un buen montón de especialistas que trataban de rehuirla; por otro, las mareas y el caos que toda revolución produce, habían sacado a flote los billetes, las acciones nominales al portador, las joyas fácilmente convertibles, el oro y la plata, y las habían depositado en la superficie, cerca de las manos ansiosas de lo ajeno, que vistos como andaban los tiempos, bien podía ser propio. El mundo de los violentos: secuestradores, asaltantes, asesinos, se hallaba mullidamente rodeado por un colchón de plumas de estafadores, carteristas, timadores, vividores, apaches, cafishos, damas de la noche (o de la tarde, si las cuentas ajustaban), charlatanes medicinales, inventores de mamadas. La sofisticación no se había dado tan sólo en las habilidades, también en los apellidos, los exóticos nombres de las bandas: "La mano que aprieta", "La legión asesina", "La marca roja", o de sus dirigentes: Mario Lombarc, *El gorra prieta*, *El francés de los dedos de seda*, *Sacamierda*, *El turco apache*, *Won-Li*, *Eufrasio el dedos*.

El periodista se reconocía culpable, sobre todo acompañado por su colega de *El Heraldo de México*, de esta sofisticación. Por artes de la prensa y la palabra bien escrita, un miserable como Ranulfo Torres se había convertido en *El invisible* y María Juárez, una prostituta con mala puntería, en *La mordida fatal*.

Nunca la ciudad había tenido tantos parias con oficio no registrado, tanto submundo, tanta infraestructura cloacal. Por eso, cuando ese día Manterola decidió dedicarse a la historia de las joyas que habían aparecido en el bolsillo del sargento Zevada, tenía abundantes posibilidades. Empezó por leer la colección de recortes de su propio diario, *El Heraldo* y *Excelsior* que tenía en un cajón de la oficina y se remontaba a los últimos tres años. La palabra clave era: joyas. Con un poco de paciencia desenterró seis o siete historias en media hora de estar revisando las primeras páginas del álbum de cantos reforzados, que sólo era el primero de una serie de tres. Pero en el periódico había demasiado silencio a esas horas de la mañana, y terminó pidiendo permiso al jefe de redacción para que le diera el día libre porque estaba en una investigación, para irse a leer a otro lado.

Dos minutos y medio después de que Pioquinto Manterola dejó las oficinas de *El Demócrata*, el teléfono sonó, y alguien preguntó por él.

—¿Qué dicen? —preguntó el poeta.

—Que salió —dijo Verdugo.

Habían pasado la noche en la Cruz Roja tratando de que los médicos de guardia les repararan a su rescatado,

173

pero la ciencia médica sólo había podido parchar las huellas exteriores de la golpiza a la que había sido sometido el personaje, y ofrecido una explicación:

—Está conmocionado. No le hagan mucho caso, va a decir muchas tonterías, puras babosadas. Por lo menos durante un par de días. Ténganlo en reposo. Descanso. Denle de beber sopas, caldos de pollo. Luego me lo traen de nuevo, si sale de la conmoción, se los dejo como nuevo.

De manera que ahí estaban danzando por la Ciudad de México a media mañana, con el conmocionado envuelto en una manta inglesa en el asiento posterior del Packard blindado.

Tras asistir a un desahogo de pruebas en el Juzgado XI, donde el licenciado había desplegado sus dotes para que refundieran a un futbolista segundón que había creído que su habilidad en el campo del Pachuca (no mucha, por cierto, a juicio del poeta) lo protegía de haber tratado de seducir con violencia a una muchachita rubia corista del Edén, de nombre Iris (que verdaderamente se llamaba Magdalena y era de Puebla), se habían ido a la casa vacía de Verdugo a descansar y hacer tiempo antes de encontrar a Manterola para contarle los últimos descubrimientos.

Depositaron al conmocionado en la cama, el licenciado se dejó caer en su sillón y el poeta en el suelo, custodiando su escopeta nueva.

—¿Sabe que el francés ése se parecía al cuate que acompañaba al oficial que me tiroteó?

—Sería el mismo —dijo Verdugo que pugnaba por ahogar un bostezo.

—¿Se dio cuenta de que cuando les cayó al francesito y a Ramón traía usted la escopeta descargada?

—Maldita sea, es verdad. Bien decía mi padre que soy un irresponsable —respondió Verdugo sonriendo.

—Eso confirma mi teoría de que lo esencial es el estilo

174

—dijo el poeta y luego encendió un cigarrillo—. Habría que registrar al tipo ése, a lo mejor trae algo encima.

Verdugo se desprendió cachazudamente de su sillón y caminó hasta la cama.

—Vamos a ver. . . Nada en los bolsillos del pantalón. . . Nada en el chaleco en éste. Mire nomás, una contraseña de registro del hotel Regis.

—¡El holandés que nos faltaba!

—Van Horn. . . Nada en el bolsillo izquierdo del saco. Una postal de Toluca sin nada escrito al dorso, otra postal de mi amiga Inés Torres sin nada encima.

—A ver, ésa, pásela.

—¿La quiere autografiada? Sin gasto extra se la consigo.

—No, sólo es curiosidad. Búsquele en los calcetines, los europeos son bastante pendejos, y alguien del Foreign Office inglés les dijo que el mejor lugar para guardar cosas en México son los calcetines.

—Sigo su consejo. . . caramba, tiene usted razón.

—¿No le dije?

—Una contraseña de una caja de seguridad en el Banco de Londres.

—A ver, préstela.

El licenciado pasó el cartoncito verde a su amigo el poeta, que sacando su cabito de lápiz del bolsillo comenzó a escribir en el dorso un poema sobre los calcetines.

—Voy a comprar cigarros, amigo. Si alguien trata de cruzar esa puerta sin haber tocado tres veces, tírele un plomazo alto, no vaya a ser una amiga que viene de visita.

—A sus órdenes —dijo el poeta recargando su escopeta y sentándose en el sillón. Verdugo caminó con aire cansino hasta la puerta, se arregló el sombrero gris perla y salió a la calle.

Pioquinto Manterola siempre había querido ser metódico y regularmente pensaba que ésa, hoy y ahora, era la oportunidad para lograrlo. De manera que había ordenado las historias, enlistado las joyas con sus correspondientes descripciones bajo ellas. Había anotado nombres de las bandas a las que se atribuían los atracos, asaltos, desfalcos, fraudes, robos de guante blanco, convictos y confesos, sólo confesos, capturados o libres. Iba quitando de su lista las joyas que habían aparecido, e incluso había obtenido los nombres de dos compradores, pero si los datos no eran malos, ambos reposaban sus huesos en la cárcel de Belén.

El recuento comenzó a poner nervioso al periodista. Demasiadas joyas, demasiadas ancianitas torturadas para que dijeran dónde estaba oculta la fortuna familiar, demasiados oficiales involucrados en robos cuyo producto terminaba en el cuello o en las orejas de sus protegidas, brillando bajo la luz de los candeleros. Las historias que iba leyendo lo transportaban a veces a sus propios recuerdos. Les añadió y completó: el color de la alfombra, los ojos saltones de la mujer estrangulada, la voz tartamudeante del intermediario detenido, el frío de la noche en el garage donde yacía la pareja suicida. El recuento lo ponía nervioso, porque era parte de una revisión personal que abarcaba los últimos años.

"¿Por qué te hiciste periodista de nota roja Manterola? Porque ahí está la verdadera literatura de la vida, mi hermano." Se preguntó y respondió el periodista, absolutamente convencido de la veracidad de sus palabras.

De vez en cuando la música del carrusel de feria se interrumpía y el periodista levantaba la cabeza de sus cuadernos de pasta dura y bordes reforzados de latón. La mañana se iba consumiendo.

38

ABUNDANTES FUEGOS ARTIFICIALES
Y UN EX ALBAÑIL SIN ERECCIÓN

La luz que se filtraba por las persianas entreabiertas iba
disminuyendo de intensidad y de brillo. El poeta se había
quitado las botas y trepado en el sillón como un gato, miraba alternamente al conmocionado y la puerta, por la
que seis horas antes había salido su amigo el licenciado.
Tenía hambre, pero en la casa no había ni un pelo de comida y no se atrevía a salir a comer a la calle. De vez en
cuando había interrumpido la vigilancia del holandés y
se había asomado a la ventana buscando rastros del abogado, para sólo descubrir a un organillero viejo que tocaba para niños y un par de albañiles que abandonaban la
obra en construcción. A ratos el conmocionado susurraba
algo, y Fermín, que sabía un poco de inglés porque alguna
vez en sus andanzas de villista había cruzado la frontera
para comprar abastos o armas, tomó religiosamente nota
de sus balbuceos. El resultado, después de tantas horas,
era una mescolanza de frases inconexas en inglés, holandés y pedazos de poema anotados en la parte de atrás de
una partitura. ¿Sabía música el abogado, componía? En
la casa por no haber no había piano, ni siquiera una guitarra o un pífano, pero el papel pautado del lado inverso
al que el poeta lo había estado usando, tenía anotaciones
bajo el título de *Carmen*. Un bolero.

Volvía del baño, de llenar un florero con agua para
darle de beber al holandés conmocionado, cuando sonó
un débil golpe en la puerta. El poeta dejó caer el florero

sobre la alfombra y llegó hasta la escopeta, ocultando el ruido que hacía al amartillar los dos cañones con un:

—¿Quién es?

—La leche —respondió una voz masculina que se vio apagada por el estruendo del doble disparo.

Fermín Valencia, siguiendo el consejo del dueño de la casa, había tirado lo que según él era alto (1.70), plenamente convencido de que a esa casa nadie llevaba leche. El resultado es que la puerta mostraba un boquete de cuarenta centímetros y un montón de perdigonazos. Recargó sacando los cartuchos del bolsillo del chaleco y caminó hacia la entrada tratando de no ponerse en línea con el agujero cuyos bordes humeaban. Tomó el picaporte con la izquierda, se puso de rodillas y abrió con cuidado. En el suelo, frente a él había un cuerpo ensangrentado, pero no tuvo tiempo de mirarlo, porque desde el rellano de la escalera le soltaron tres disparos de pistola en rápida sucesión, que pasaron a unos centímetros de la cabeza. Volvió a disparar la escopeta hacia los fogonazos y sin tomarse tiempo para recargar la tiró a un lado y sacó su Colt. Saltó sobre el cadáver y aullando corrió escalera abajo mientras disparaba. Entre el primer y segundo rellano tropezó con otro cuerpo encogido y se fue rodando por la escalera seis o siete peldaños hasta dar de frente con la puerta de un consultorio de un dentista que vivía en el piso de abajo del abogado. Aprovechando la pausa involuntaria, recargó el Colt y siguió bajando la escalera, ahora con más cautela, hasta llegar a la calle. Estaba vacía, a excepción de un automóvil que arrancó apresurado de la acera de enfrente cuando el poeta hizo su fiera aparición en el portal: descalzo, con los pelos alborotados y un Colt 45 humeante en la mano derecha. El poeta no dudó y comenzó a disparar al automóvil que aceleraba, perforando los vidrios traseros y volándole el retrovisor.

De repente se vio en la calle solitaria, los calcetines mo-

jados en un charco, los oídos ensordecidos por los disparos, los dientes apretados, la garganta reseca y un temblor
que empezando por las piernas se convertía en un fuerte
dolor nervioso en los riñones y le subía como un escalofrío
hasta la nuca. Cayó de rodillas y murmuró como si dijera
una plegaria:

—Fermín, qué verga eres; Fermín, qué bruto eres.
Fermín, ya no tires más tiros. Fermín, perdóname.

De repente sintió que alguien lo estaba mirando. A su
izquierda, sentado en el suelo y recostado contra la pared, se encontraba el licenciado Verdugo, descubierto, la
cabeza caída sobre un hombro, los ojos medio extraviados, la camisa abierta y arremangada.

—¿Qué te hicieron Lic? ¿Qué te hicieron? —preguntó
el poeta desolado poniéndose de pie.

Cuando Manterola regresó al periódico, le encargaron
dos notas de trámite, sobre un asalto bancario en Guadalajara, cuya pista se perdía en la Ciudad de México, y un
suicidio por gas de una madre soltera. La tarea le tomó
un par de horas y remató a tiempo, cuando los crujidos
de su estómago le avisaban que no había comido ni una
sola vez en todo el día.

Buscó al jefe de redacción y le contó que seguía tras la
historia de las joyas, con lo cual se libró de algunas tareas
menores, y hacia las 8 de la noche dejó las oficinas de *El
Demócrata*. Pasó por una fonda en Puente de Alvarado,
donde cenó chilaquiles, y se adentró en la Guerrero para
tener una entrevista con el regente de la imprenta *La industrial*. La dirección la había conseguido por un compañero de los talleres del diario que antes había trabajado
allí. Pasó media hora con el regente de la imprenta, y
luego, cojeando levemente, se dirigió al Majestic.

En la barra, un grupo de beisbolistas ganadores festeja-
ban, había algún movimiento en las mesas de billar, y
una banda de timadores y jugadores fulleros de cartas, de

origen gallego, tramaba futuros movimientos en la estratégica mesa de la entrada.

Manterola se dirigió a su lugar acostumbrado y tras él llegó Eustaquio con una botella de habanero y un trapo sucio para pasarlo sobre el mármol.

—¿No vinieron mis amigos?

—Ni vinieron ni mandaron mensajero ni llamaron por teléfono. Pero ese señor preguntó por usted.

Manterola siguió con la vista el dedo del Eustaquio y contempló a un oficial elegante, con la guerrera y los pantalones impecablemente planchados y los galones brillantes, que había conocido una semana antes como albañil en estado de coma. El periodista sonrió. Si Jesús de Nazareth lo había hecho, ¿por qué no podía resucitar un albañil del DF? Con la mano le hizo un gesto de que se acercara y le pidió a Eustaquio que trajera otra copa.

—Mayor Martínez, del servicio secreto. Y perdone que lo haya sorprendido —se presentó el personaje.

—Lo único que lamento, mayor, es que haya estado usted moribundo la última vez que nos vimos, me hubiera venido bien un poco de conversación en el hospital, aunque fuera sobre albañilería.

—Lo siento, Manterola, requisitos del servicio.

—¿Y a quién reporta usted, mayor, si no es indiscreción?

—Directamente a nuestro señor presidente, el general Obregón, a través de su secretario, el señor Alessio Robles. Yo y mis compañeros que nos encontramos comisionados.

El mesero colocó una segunda copa en la mesa y Manterola la llenó de habanero, pero el capitán negó con un gesto.

—Disculpe, señor, pero me encuentro en servicio.

—Bueno, pues soy todo oídos, mayor..

—Debería ser al revés, señor Manterola.

—¿Qué quiere que le cuente?

—Todo lo que sepa sobre los coroneles Martínez Fierro, Zevada y Gómez. Todo lo que usted sepa sobre el Plan de Mata Redonda.

—¿El qué?

—Bien, dejémoslo en los coroneles.

—Martínez Fierro, es la primera vez que oigo hablar de él. Zevada está muerto, se tiró o lo tiraron de un edificio frente a mi periódico. Gómez es jefe de la gendarmería montada de esta ciudad. Y ya, eso es todo. Ahora, si me apura un poco, pienso que el coronel Gómez es un ladrón, un oficial corrupto y un asesino.

—Si yo le dijera que Gómez mandó matarlo una vez y que Martínez Fierro lo intentó otra, ¿qué me diría?

—Mire, capitán, dejemos de andar con rodeos. Usted me cuenta lo que sabe y yo trato de poner las piecitas de mi rompecabezas en el marco que usted me dé.

—Lo lamento, señor Manterola. Sin embargo, tengo algo importante que darle: el señor Presidente de la República personalmente lo encarece a que continúe su investigación. Yo me sumo a su ruego y le sugiero que tenga mucho cuidado. Eso es todo lo que puedo decirle. Tenga usted un teléfono; si algo urgente sucede o necesita de mi ayuda, no dude en llamar.

El oficial tendió a Manterola una tarjeta en la que había anotado el número 42-38.

—¿Es de la Ericsson o de la Mexicana?

—De la Mexicana, pida después el número "rojo" —dijo el oficial ya de pie.

Manterola lo saludo llevándose el cartoncito a la sien, y lo contempló fijamente hasta que abandonó el local. Luego susurró:

—"El general Obregón le pide. . ." Puagh. Me vio cara de yaqui el buey éste.

39

BONITAS HISTORIAS QUE VIENEN DEL PASADO: FERMÍN VALENCIA EN ZACATECAS

A mediados de julio de 1914, Villa ordenó, a pesar de la oposición de Carranza, el avance sobre Zacatecas de toda la División del Norte. Los trenes transportaban en su interior los caballos, y en los techos cantaban los jinetes que iban a romperle la espina al ejército de Huerta en Zacatecas.

Veintidós mil hombres comenzaron a fluir sobre los alrededores de la ciudad. La brigada de Nateras, la Zaragoza, las tropas de Aguirre Benavides, la brigada Villa, la de Urbina, la Morelos, las fuerzas de Maclovio Herrera y Manuel Chao, la artillería dirigida por Felipe Ángeles.

Fermín Valencia rondaba por los campamentos, oliendo la comida, revisando los rostros, buscando los síntomas de la batalla, pero sólo encontraba los preparativos de la fiesta.

Por eso, contagiado del clima, cuando el 23 de junio a las 10 de la mañana, los 50 cañones de la División del Norte abrieron fuego sobre los cerros fortificados que rodeaban la ciudad, la sangre comenzó a hervirle. Villa contuvo la caballería y, cambiando el emplazamiento de los cañones y haciendo movimientos de infantería, fue mermando a los federales. En una hora cayó Loreto. El bombardeo arreció. Llovía hierro del cielo encapotado de Zacatecas.

A las cinco de la tarde llegó la orden para que se pusieran en movimiento las brigadas Villa y Cuauhtémoc. El poeta puso su caballo al trote suave junto con mil más de los jinetes de la Revolución.

Poco a poco pasaron al galope, la artillería federal iba produciendo huecos en sus filas. Las ametralladoras invisibles les mandaban plomo. Al lado del poeta un caballo fue tocado y mandó a su jinete volando por encima. La niebla de la pólvora y la tierra levantada era cortada por los jinetes que iban dejando atrás las explosiones. De repente un aullido recorrió las filas, la primera trinchera se les acercaba vertiginosa. La saltaron aullando. El poeta tomó la rienda con los dientes, espoleó su caballo, tomó sus pistolas en las manos y comenzó a disparar contra los federales que huían. A su lado alguien cabalgaba cantando. La línea federal se deshacía y arrastraba en el pánico a la segunda.

De repente frenó su caballo. Estaba ante las primeras casas de la ciudad de Zacatecas.

—¡Viva Villa, cabrones! —aulló el poeta, que en aquel momento era un hombre feliz.

40

DOS ANARQUISTAS EN UN SÓTANO

—Ves, San Vicente, si no fumalas no tendlías ploblemas —dijo el chino en la oscuridad.

—Tabaco tengo, coño, pero es la penúltima cerilla, y no me animo a gastarla.

Tomás había quitado la carátula a su reloj y al tacto sabía que llevaban diez horas en aquel sótano lleno de humedad, moho y frío en el que habían caído al resbalar por la trampilla del salón. Después de reponerse del costalazo, usaron los cerillos de San Vicente para dar un recorrido por el cuarto, y media hora más tarde se habían rendido. No encontraron nada más que dos ataúdes vacíos en una esquina y algunos sacos viejos llenos de papas podridas. El suelo y las paredes del sótano eran de tierra y la única forma de salir era a través de la trampilla en el techo que se había cerrado mecánicamente al caer ellos y que quedaba tres metros y medio sobre sus cabezas. Para bajar al sótano desde el cuarto o para subir a él sólo parecía existir una posibilidad: que les tendieran una escalera desde el piso superior.

Únicamente una vez en las últimas diez horas su soledad se había visto interrumpida, cuando se escucharon pasos en el piso de arriba, pero el carácter iracundo del anarquista español cortó la historia en seco mandando un par de plomazos a través de la trampilla. Los gritos que se escucharon tras los disparos parecían indicar que alguien se había llevado un balazo de premio. Después de eso, nada.

Tomás se había subido en los hombros del español, quien

a su vez se subió sobre los ataúdes, y sus manos extendidas alcanzaron apenas la trampilla, pero sin duda el mecanismo se encontraba trabado desde la parte de arriba. Así la cosa, se rindieron y volvieron a la espera.

—¿Y si nos quieren matar de hambre? —preguntó San Vicente.

—¿Cuántos días puedes pasal sin comel?

—Caray, en buenas condiciones y bebiendo, tres semanas. Así, ve tú a saber.

Ni el chino ni su amigo eran muy dados a las conversaciones ociosas, y después de haber llegado a la conclusión de que se imponía la espera, intercambiaron media docena de frases sueltas, hora por medio.

—Tomás, he vivido mucho, siempre muy cerca de la muerte. Nunca me gustó, pero hay muertes con las que sueño y si bien no me hacen ilusión, no me parecen tan idiotas como ésta.

—La culpa es mía, San Vicente, soy un chino de mentilas. Estas cosas me pasan polque no conozco a mi gente. Debo habel estado en el balio cuatlo veces con ésta, o cinco. No me gusta la comida china, no sé un calajo sobre los tongs o las tliadas. Sabía más en Tampico. Mielda, si me apulan un poco no distingo un chino de un tagalo o un japonés.

—Pero distingues bien un compañero de un cabrón. Hace unos meses en San Luis Potosí, un paisano me enseñó una postal del pueblo en el que nací en Asturias Lo mismo me podía haber enseñado una foto de Guinea. Eso de los países es una puñetería que me paso por el forro de los cojones. Uno es de donde está en ese momento. El país mide cincuenta centímetros cuadrados. Un poco más cuando lo entierran a uno.

—¿Cómo es la tlampa?

—¿Cómo que cómo es?

—Sí, vista desde aquí, del lado delecho tiene lesoltes,

bisaglas, del izquieldo un pasadol, una celadula que atlanca cuando la tlampilla vuelve a su lugal pol la acción de los lesoltes. Cuando no funciona, la tlaban desde aliba, que es lo que han hecho ahola, pol eso cuando me subí no pude jalal ni empujal ni nada. Pelo tlepados soble los ataúdes, con unos tilos volamos las bisaglas, ¿no?

—Probando que es gerundio. El único problema es que tenemos sólo dos cerillas para apuntar. Se te hubiera ocurrido antes, Tomás.

—¿No ganó usted un conculso de felia en Tampico con la pistola?

—Joder, pero no tenía tanto frío ese día.

41

NOCHE DESOLADA

A las dos de la madrugada, el periodista había llegado a la casa de Verdugo tras haber probado en la casa del poeta, en la del chino en Contreras, que encontró vacía, con la puerta abierta y las luces encendidas, en la Cruz Roja, en la Cruz Blanca, en la morgue del ayuntamiento y en varias comisarías del centro de la ciudad. Encontró la casa del licenciado tras haber tropezado de casualidad en la morgue con una amiga de éste que una vez había dormido allí y que velaba a su padre, muerto de frío durante una borrachera. La casa de dos pisos, que ocupaban tres oficinas y la suite del licenciado, estaba sumida en la oscuridad y rodeada de varios terrenos baldíos o en construcción en la calle Tabasco. La iluminación pública apenas estaba a medio instalar, y los postes sin luz que los coronase parecían fúnebres avisos de la civilización. La luna, en cambio, iluminaba suavemente el edificio. Manterola subió corriendo las escaleras. Tras varias horas de búsqueda, después de haberlos esperado en el Majestic infructuosamente, estaba convencido de que a sus amigos les había pasado algo grave. Al llegar al descanso del primer piso la herida de la pierna comenzó a dolerle intensamente.

—¡Verdugo!

Por el agujero de la puerta surgió la voz del poeta:

—Ya era hora, carajo, periodista. Ya era hora.

La puerta estaba sin cerrar. Manterola buscó el interruptor de la luz y cuando la luz se hizo, descubrió un cuadro sorprendente: en una gran sala alfombrada, el poeta, sentado en un sillón, los ojos rojos de sueño, velaba con una escopeta en las manos. Cerca del sillón, en una cama solitaria colocada a mitad del cuarto, descansaban el licenciado Verdugo y un desconocido.

Sobre la alfombra había abundantes huellas de sangre que llevaban hacia el interior del departamento.

—En el baño tengo dos difuntos, periodista. . . ¿Tiene cigarrillos? Ya me acabé los puros de Verdugo y los cigarros de uno de los cadáveres.

Manterola sacó sus Argentinos ovalados y le ofreció uno al poeta que no soltó la escopeta, cuya culata apoyaba en el muslo. Luego caminó siguiendo la huella de sangre hasta el baño. Allí, prolijamente colocados, apoyando sus espaldas en la bañera, había dos muertos. A uno los disparos de escopeta le habían volado la mitad de la cabeza, el otro tenía dos agujeros en el pecho, casi simétricos.

—Son el francesito ése y el militar que me disparó en la Peltzer. Por cierto, es el mismo que asesinó al trombonista. Cuando lo vi la otra vez traía uniforme de militar y no lo pude reconocer, pero ahora, con la misma gorrita de plato, no hay duda. Además traía la funda del revólver a la zurda —se oyó la voz del poeta que llegaba desde muy lejos.

—¿Y no vino la policía?

—En esta colonia pueden violar a la madre de uno y ponerle bocinas al asunto, que nadie se entera. Deben estar acostumbrados.

—¿Qué le pasó a Verdugo? ¿Lleva usted mucho aquí? ¿Quién es el otro que está en la cama? —preguntó el periodista saliendo del baño y cerrando los ojos para quitarse de ellos la imagen del cadáver con media cabeza.

—Yo aquí, toda la tarde y un poco más, doce, quince horas, velando mis armas, Manterola. . . Verdugo salió a comprar cigarrillos a las tres y cuando llegaron los que me eché , me lo habían dejado así. Está vivo, pero algo le hicieron, porque suda, grita. No sé qué hacer con él. . . y el otro, es el holandés que andaba perdido, el tal Van Horn, el que compartía el cuarto con el inglés que usted descubrió que no se había suicidado, y está en coma, sólo dice pendejadas. Los puse juntos porque sólo hay una cama y me daba no sé qué poner al gringo en el suelo, aunque no sea cuate. . . ¿Sabe qué, periodista? Tengo unas ganas encanijadas de ver a mi pobre padre ya difunto, y que me tome de las manos, me meta en la cama, me dé un vaso de agua y me cuente un cuento, y luego dormir, y dormir. . .

—Me hubiera gustado estar aquí contigo, Fermín —dijo el periodista.

—A mí también me hubiera gustado, Manterola —contestó el poeta, y dejó caer la cabeza hacia atrás cerrando los ojos.

El periodista trabajó como loco las siguientes horas de la noche. A pesar de su cojera, bajó los dos pisos con Verdugo y el holandés a cuestas, los depositó en el asiento trasero, ayudó al poeta a descender, guardó las escopetas y puso a los dos cadáveres en la cajuela del Packard. Subió de nuevo, se lavó cuidadosamente las manchas de sangre. Luego en el automóvil llegó por Insurgentes hasta la calle de Las Artes. Allí torció a la izquierda y siguiendo las instrucciones del poeta, recorrió la colonia San Rafael hasta llegar al palacete de la viuda de Roldán. Serían las 3 y media de la madrugada cuando sacó los cadáveres de la cajuela y los depositó en la banqueta a diez metros de la casa. Arrancó de nuevo el automóvil sin que las luces del vecindario se hubieran encendido, y sin que en el palacete hubiera habido algún tipo de movimiento. Luego subió por Tacubaya y tomó avenida San Ángel. La luna golpeaba suavemente los maizales. El poeta roncaba a su lado. Pasó un tranvía y un carro de una tienda de comes-

tibles jalado por un burro. Unos metros adelante, tres fi-
guras caminaban solitarias por el borde de la carretera. El
periodista levantó sus lentes de pinza y los ajustó.

—¡Tomás! ¡Tomás!

El chino se quedó mirando cómo un Packard blindado
manejado por Manterola, con el poeta dormido a su lado y
con dos hombres más en el asiento posterior, frenaba chi-
rriando a su lado. Sostuvo a Rosa que se aferró con más
fuerza a su brazo y detuvo con un gesto a San Vicente, que
se llevaba la mano al bolsillo de la chaqueta donde llevaba la pistola.

"Y ahora, ¿dónde los voy a meter a todos?, si en casa
sólo tengo una cama", pensó.

42

EL DESPERTAR DE UNOS,
EL DESCONCIERTO DE TODOS

Manterola tomó la iniciativa frente a un derruido equipo que estaba pidiendo descanso a gritos. Después de muchas vueltas se habían instalado en un hotel de putas en Tlalpan, llamado, paradójicamente, *El Descanso*, cuyo dueño, un gachupín, le debía algunos favores al periodista, quien lo había protegido de los desmanes de unos oficiales carrancistas hacía tres años.

El gringo seguía conmocionado, el licenciado Verdugo deliraba, aunque aparentemente no tenía heridas, el anarquista San Vicente tenía un catarro monumental pescado en el sótano, el poeta estaba en un estado de decaimiento absoluto, en la apatía brutal posterior al shock producido por las horas de violencia y tensión, Rosa tenía quemaduras en los brazos y Tomás Wong una herida de regular tamaño en la frente que aún sangraba.

Lo mejor que el periodista pudo conseguir fue dos cuartos con tres camas y un sillón, una olla de caldo de gallina vieja y un médico abortero, para reparar a sus dañadas huestes. Luego salió a fumarse un *Águila* con filtro en el balcón del segundo piso, saboreando el amanecer. Tlalpan era un pueblo enviciado por las cercanías de la ciudad, que vivía de un par de fábricas textiles, algunos establos lecheros y multitud de huertos de legumbres y verduras. A esas horas de la mañana y lejos de la calzada o de las entradas de las fábricas, el pueblo vivía la paz bucólica de la más remota provincia mexicana intocada por la Revolución: un par de mujeres rumbo al mercado con lechugas y chiles verdes en sus canastas, un lechero que conducía una recua de burros cargados con enormes latas de leche de 25 litros, un tranviario uniformado que iba rumbo al trabajo. El periodista espiró el humo y lo vio huir de la baranda hacia el cielo. No sabía mucho de guerras, pero intuía que a ellos les tocaba el siguiente movimiento. Sabía la composición de las próximas acciones: tiros, maniobras y trampas y periódicos. Eso era importante, tener a la prensa, la voz de Dios, la verdad puesta en blanco y negro de su lado. Y eso creía saber hacerlo Manterola. Lo único que fastidiaba todo era la recurrente imagen de Margarita, desnuda, a excepción de la pamela por la que escapaba un rizo juguetón, que insistía en meterse en sus pensamientos. Para apartar a la viuda de la cabeza sacudió una mano, como ahuyentando el humo del cigarrillo o un mosquito, y se preguntó qué estaba pasando. En el automóvil, durante las dos horas de recorridos por la ciudad, se había enterado, en pedazos, de tal cantidad de cosas que se sentía incapaz de ordenarlas. La aparición de nuevos personajes, el secuestro de Rosa y la fuga, el holandés conmocionado, la llegada al club de San Vicente, quien si su memoria no lo traicionaba, era el mismo anarquista que había sido deportado por Obregón en mayo del 21.

El periodista sonrió. Si no estuviera metido en la mitad de la tormenta, qué bello reportaje podría hacer con tal cantidad de locuras. Verdaderamente, la Ciudad de México era el paraíso para un periodista que considerara su oficio la primera de las bellas artes, y su especialización, el no va más de la palabra impresa en una prensa. "La poesía del siglo xx", dijo en un susurro y se fue a buscar un lugar donde dormir entre sus hacinados amigos.

En uno de los cuartos, San Vicente, pistola en mano, roncaba en el sillón pegado a la puerta. En la cama reposaba el holandés, y el poeta hecho un nudo a sus pies y con las botas puestas. Manterola pasó al cuarto vecino por la puerta de comunicación interna y vio en una de las camas a Tomás con los ojos abiertos bajo una venda ensangrentada, que protegía a Rosa con un brazo mientras con la mano libre fumaba. En la otra Verdugo yacía inquieto.

—¿Todo bien, peliodista? —preguntó el chino en un susurro.

—Dentro de lo que cabe. ¿No duerme?

—Tengo un pal de tontelías en que pensal.

Manterola se quitó los botines y los calcetines que metió cuidadosamente dentro de ellos, tiró la chaqueta al suelo y aflojó los botones del chaleco. Luego, sin moverse demasiado, se dejó caer al lado del licenciado. Tironeó un poco para hacerse con una parte de la almohada que Verdugo atesoraba y preguntó:

—¿Cómo está ella?

—Bien, el doctol ése dijo que las quemadulas son leves. Quemadulas de cigalillo. ¡La puta madle que los palió a todos!

Manterola volteó la cabeza para dejar al chino con su rencor a solas. Sus ojos fueron a dar a los ojos extraviados de Verdugo que lo miraban fijamente.

—Alberto, vaya —dijo el periodista, pero se dio cuenta de que sus palabras no llegaban hasta el licenciado, cuya mirada estaba viendo otra cosa: un buen pedazo del infierno.

Verdugo se recostó en la cama y llevó sus manos al cuello del periodista para tratar de estrangularlo.

—Soy Pioquinto Manterola, tu amigo —dijo el periodista sin rehuir las manos que se cerraban sobre su garganta—. ¿Tienes tantos amigos para querer estrangular a uno?

Las manos de Verdugo estrecharon el cuello y comenzaron a apretar. Manterola clavó sus ojos en los grises ojos desquiciados del licenciado y subió el tono de su voz:

—Alberto, soy Manterola.

Tomás salto de la cama gritando:

—¡Ahhg, quieto!

—Soy. . . amigo. . . —dijo Manterola sintiendo los primeros efectos de la asfixia. Tomás golpeó con el canto de la mano las muñecas del abogado que se mantuvieron rígidas apretando el cuello.

—No lo dejes, peliodista, no lo dejes. No te dejes molil —gritó el chino. Manterola reaccionó y llevó sus manos a las del abogado tratando de abrirlas.

—¡Felmín, Sebastián! —gritó el chino mientras los ojos del periodista se iban desencajando, fijos aún en el infierno de la mirada del abogado.

—Déjalo, es el peliodista. ¡Déjalo, idiota! —gritó el chino y golpeó al abogado en el pecho haciéndolo zarandearse sin que soltara su presa. Del cuarto vecino surgieron San Vicente y el poeta. Rosa ya estaba de pie tirando de los pelos del licenciado Verdugo. Entre los cuatro lograron separarlo del periodista que comenzaba a boquear sin oxígeno. Verdugo se desplomó cayendo de la cama. Manterola trataba angustiosamente de jalar aire para sus adoloridos pulmones.

—¿Qué te pasa, animal? Es Manterola —le gritó el poeta a Verdugo que comenzaba a sollozar.

—Los engañó, es mi padre. Quería engañarme, es mi padre —dijo Verdugo entre sollozos.

San Vicente ayudó al periodista a reclinarse y le ofreció un vaso de agua. Rosa lloraba casi a coro con el licenciado.

—La puta mierda, esto es una pesadilla. Si me duermo, todo va a pasar —dijo el poeta.

—Me quería engañar, decía que era mi amigo —dijo Verdugo conteniendo las lágrimas y tratando de explicar a sus amigos la última verdad inexplicable.

43

BONITAS HISTORIAS QUE VIENEN DEL PASADO: ALBERTO VERDUGO EN VERACRUZ

El sol brillante de Veracruz hirió el traje blanco, blanquísimo, del Licenciado en Derecho Alberto Verdugo cuando descendía la pasarela del Miraflores. Trató de adelantar a otros dos pasajeros para ponerse atrás de una mujer que lucía un vaporoso vestido amarillo, hija de un comerciante alemán de Campeche, con la que había coqueteado desde La Habana.

Al pie de la escalinata, un viejo arrugado al que le faltaba una mano extendía una escudilla a los pasajeros del barco, pidiendo limosna. Verdugo maquinalmente metió la mano en el bolsillo del chaleco para sacar una moneda y sus ojos se cruzaron sin quererlo con los ojos del mendigo. Éste retiró la escudilla, esbozó una sonrisa y le guiñó el ojo al abogado.

Verdugo, desconcertado, titubeó un instante, luego sacó su última cajetilla de cigarrillos Uhpman comprada en Cuba, de soberbio tabaco de Vuelta Abajo, el mejor del mundo, se sentó al lado del mendigo y le ofreció uno.

La dama del tul amarillo se perdió entre la multitud sin que el abogado vestido de blanco le hiciera mayor caso, porque estaba inclinándose sobre el mendigo para encender los dos cigarrillos bajo aquel sol brillante de Veracruz.

44

LOS PERSONAJES JUEGAN DOMINÓ Y CUENTAN
CÓMO COLÓN DEBIÓ HABER DESEMBARCADO
EN TEXCOCO

La idea había sido del poeta, quien también sería el que
habría de sacar la primera mula de seises. Un manicomio
como éste estaría incompleto sin un buen juego de dominó por medio, había dicho, y a mitad de la mañana había
desaparecido para regresar con una caja de fichas de hueso, un paquete de tacos de longaniza y una jarra enorme
de agua de jamaica que pronto pasa de boca en boca.

—¿Qué coño es esto? —trata de oponerse San Vicente,
pero Tomás le explica:

—¿Tú no tienes manías? ¿No estás a favol del lible
albedlío? Entonces, come, duélmete una siesta y no jo-
das, o siéntate pol ahí a vel la paltida.

Afortunadamente, el cuarto tiene una buena mesa y
tres sillas, y arrastrando el sillón que había servido de cama al anarquista se logra la cuarta. Rosa canturrea en el
cuarto de al lado mientras se lava y cura las quemaduras
de sus brazos; el poeta acompaña el canturreo con el movimiento de las fichas sobre la mesa.

Verdugo, quien sostiene sus fichas como si pudiera es-
conderse tras ellas, está notablemente pálido. Después del
ataque de la mañana se había disculpado angustiosamente con el periodista para luego caer en un tremendo
mutismo que alternó con sueños inquietos de los que se
despertó sudando frío y gritando. Pioquinto Manterola
conserva del incidente una tremenda afonía; y el poeta, a

pesar de que ha echado sobre sus espaldas la tarea de re-
animar al grupo, tiene el rostro abotagado y sus bromas
resultan un tanto riesgosas, sobre el filo de la navaja; Tomás, para no ser menos, parece un desecho de la guerra
de los boxers. El poeta pone sobre la mesa el seis doble y
parecería la señal para ordenar la historia si no fuera porque el chino juega el seis/cuatro y en rápida sucesión
Manterola responde con el cuatro/dos y el licenciado Verdugo la pone a seis para calar la salida. No se puede organizar una guerra, ni narrar los sucesos de los últimos días
saturados de información, sin saber si el poeta salió en
falso forzado, o si trae seises. Cuando el poeta pasa, el
momento propicio reaparece.

—Si cada uno de nosotros cuenta su parte, luego armamos los pedacitos —propone el periodista.

—¿Y de dónde piensa usted que esta locura se va a poder armar? ¿Quién le dijo que es un rompecabezas? —dice
el poeta atusándose el bigote.

—Durante mis sueños de drogado me venía a la cabeza una y otra vez un fragmento de Shakespeare que alguna
vez oí en una representación en Milán: «La vida es como
una sombra que pasa, es un cuento narrado por un idiota,
lleno de estrépito y fulgor y que nada significa» —dice
Verdugo poniendo un primer tres.

—No, si lo prefieren seguimos el juego y hablamos de
la temporada de toros. Con compañeros de viaje como ustedes, Colón hubiera desembarcado en el Lago de Texcoco.

—Y puesto una panadelía —remata Tomás.

—La Flor de las Américas —dice el poeta para disimular que se le vienen los seises otra vez encima.

—Las Tles Calabelas —dice el chino.

—Casa Colón —propone el abogado Verdugo.

—Las joyas, ¿qué opinan si empezamos por las joyas?

—No traía joyas, puras cuentas de vidrios de colores
para engañar a los naturales —dice el poeta.

—Caballeros, vayánse a la mierda —dice el periodista al que le acaban de obligar a soltar su último cuatro.

—Las joyas, de acuerdo, ¿qué pasa con las joyas?

—Hace un año dos ancianitas españolas fueron encontradas muertas en una pensión de la calle Gante, las habían torturado para que dijeran dónde tenían sus joyas; las gemas desaparecieron tras su muerte y con ellas desapareció su sobrino recién llegado de España.

—Ramón el gachupín —dice Verdugo.

—Puede ser, pero no se llamaba Ramón entonces, sino Dionisio.

—Entre los muchos que tuvieron que ver con la investigación estaba el coronel de la gendarmería, Gómez, que persiguió con sus hombres un misterioso automóvil rumbo a la carretera de Toluca en el que se suponía iba el asesino.

—¿Y bien?

—Encontró el coche, un Cole and Cunningham, pero nunca al chofer. Y voy a poner un tres.

—Me doblo —dice Verdugo—. No está nada mal.

—Yo aporto a la historia al coronel Martínez Fierro —dice el poeta.

—Tampico de nuevo —dice Tomás.

—Yo también lo traía entre las espuelas. Cuando los estaba esperando la noche pasada en el Majestic, un capitán del servicio secreto, que dijo que recibía órdenes directas de Obregón, me animó a que siguiéramos la investigación. . .

—¿No le preguntó usted que cuál? —interrumpe el poeta.

—No me dio tiempo. Además nos regaló una información: que Martínez Fierro había atentado una vez contra nosotros y otra vez Gómez.

—Tampico, bueno, casi. Ela uno de los comandantes de gualnición en Tamaulipas, aunque estaba más al nolte. Debe sel también de los de Pablo González.

198

—Bueno, ya tenemos tres coroneles que rondaban hace dos años por Tampico: Zevada, Gómez y Martínez Fierro.

—¿Y qué quieren los sicarios de Obregón de todo esto? —pregunta el poeta.

—Vaya usted a saber. Textual: "Mi general está muy interesado en su investigación."

—La mano del muerto —dice el poeta.

—Esa mela —dice el chino, cuyas relaciones con la Presidencia son más que malas a causa de la persecución que desde mayo del 21 ejerce el Presidente contra los sindicatos rojos.

—El poeta y yo podemos ser más precisos. Por seiscientos pesos, *El Gitano* nos contó que Martínez Fierro había pagado a los tres pistoleros que nos asaltaron al salir de la churrería.

—¿Y quién es *El Gitano*?

—Un hampón amigo del señor —dice el poeta señalando a Verdugo.

—Sólo defendí una vez a una prima suya —objeta Verdugo y luego airoso deposita en la mesa un doble dos con el que sale.

—Caramba, ya se fueron.

Verdugo se seca el sudor del rostro con un pañuelo blanco. El poeta, que lo vigila a ratos, pregunta solícito.

—¿Abro la ventana?

—Por favor, Fermín, me siento sofocado.

Mientras camina hacia el balcón y abre la puerta que da a la terraza, el poeta cuenta:

—Yo puedo decirles que sé quién mató al trombonista, y creo que también sé por qué me dispararon en la casa Peltzer.

—No, si esto sigue así vamos a saber todo, menos qué es lo que está pasando.

—¿Se acuerdan del oficial que acompañaba al francesito? Ese que Peltzer identificó como Estrada. Bien, con uniforme no lo reconocí. Sabe, no veo bien de lejos, pero cuando llegó disparando a casa del Lic., y luego vi el cadáver con gorrita, me di cuenta, era el mismo tipo que había matado al trombonista, el mismo que le descerrajó el tiro. Yo no lo habría reconocido de lejos, pero él me debe haber visto entonces, y al volverme a ver en la casa Peltzer se volvió loco y empezó a soltar plomo.

—Bueno, ya tenemos la conexión entre Gómez y Zevada, pero ¿por qué?

—Déjenme reconstruir la historia hasta donde hoy la sabemos. Hay una viuda que asesinó a su marido, supongamos. Por lo menos, el regente de la imprenta dice que Roldán nunca pasó suficientes horas dentro de la imprenta para haberse envenenado con plomo. El tiempo libre se le iba en las mesas de juego. Hay un gachupín que roba joyas y mata a sus tías, hay un francesito que hace trampa a las cartas y un par de tenientes, una hipnotizadora y una secretaria social. Y un tipo, Goméz, que los reúne a todos, porque los protege y los usa. Elena Torres me contó que Gómez estaba metido en un negocio sucio, que tenía la concesión de la venta de forraje para la caballería que está en el Valle de México.

—Eso de postre, una joyita —dice el poeta volviendo a ocupar su lugar en la mesa y reanudando el movimiento de las fichas.

—Tenemos una banda bien armada, con todo el apoyo que le puede dar su jefe, coronel de la gendarmería montada de la Ciudad de México, que sin ser una fuerza policíaca, interviene frecuentemente en asuntos policíacos: motines, persecuciones, capturas aparatosas.

—Bueno, tenemos una banda, y nosotros podemos medio ligarla al asesinato del coronel Zevada. Y entonces caen sobre nosotros como si nos quisieran borrar de la tierra. . .

—No ellos, un tal Martínez Fierro —dice el periodista.

—¿Y quién mandó a envenenarlo a usted? —pregunta el poeta.

—¿Y quién me secuestró y me drogó a mí? —pregunta Verdugo.

—¿Y por qué llegaron disparando a su casa los dos tipos que me despaché? —dice el poeta que se va calentando—. ¿Sabe qué?, que en lugar de tratar de saber lo que pasa, deberíamos ir a la casa del tal Gómez y meterle dos tiros, y listo.

—¿Y qué hacemos con el Martínez Fierro?

—Otros dos.

Las últimas palabras del poeta obligan a un silencio general.

—La verdad es que tiene que reconocer que la situación es bastante absurda, periodista —dice Verdugo—. Nos tirotean, nos cercan, a mí me secuestran cuando estoy comprando cigarrillos, me inyectan yo qué sé qué mierda, me hipnotizan y me mandan de regreso a matarlo a usted.

—¿Cuándo lo hipnotizaron? —tercia Tomás interesado.

—Me lo supongo. Lo único que sé es que al salir de la casa sentí un golpe en la cabeza y que se me iba el cielo. Luego, entre nubes, veo los ojos de la pelirroja que habla con la Z y que me pide que no me resista. . . Tengo dos marcas de inyecciones en el brazo. Me despierto y trato de matar a Manterola diciendo. . .

—Que era su padre. Lo cual no me hace mucha gracia, por la edad. . .

—Mierda, a mi padre lo podía haber matado sin hipnotismo.

—Tranquilo, Verdugo, no pasó nada, sólo quedé un poco ronco.

—Pero si no hubiera sido por Tomás. . .

—Sólo un poco ronco, y ando cojeando por un tiro, y trataron de envenenarme, y ya ni los albañiles son albañiles.

A mí también me apetece que lo resolvamos a tiros, pero no es fácil. Gómez debe haber echado ya a la gendarmería detrás de nosotros con cualquier pretexto.

—Oiga, ¿qué es eso de los albañiles?

—No tiene importancia.

—Bueno, ya que estamos en época de explicaciones, ¿dónde anduvo usted, Tomás, y a qué se debe el placer de la compañía de su amigo Sebastián?

—Palece que esto es otla histolia, afoltunadamente. Una histolia más sencilla que se lesolvió a tilos y ya.

Y a lo mejor el chino va a contar su historia, pero Rosa, entrando al cuarto, lo detiene:

—Está muerto —dijo.

—¿Quién?

—El señor ése extranjero que traían con ustedes.

—Van Horn. . .

—¿Está segura? —pregunta Manterola.

—No respira. Me acerqué a él y no respira.

—Carajo, y yo que lo cargué por media Ciudad de México —dice el poeta encariñado.

45

UNA CONFERENCIA GREMIAL

El poeta colgó sobre la puerta del baño de damas del hotel Ginebra un letrero trilingüe: OUT OF ORDER/ DESCOMPUESTO/ SCOMPOSTO/ y se colocó ante él dispuesto a frenar en seco a cualquier curioso que no le hiciera caso. Manterola, mientras tanto, acomodaba sillas y ceniceros en el interior.

El primero en llegar fue Librado Martínez. Un personaje esquelético al que le daban dos o tres meses más de vida a causa de una cirrosis mortal, "cronista de sangre" de *El Universal* y *El Universal Ilustrado*. Pocos instantes después C. Ortega (nadie sabía de qué era la C; Ortega lo mantenía en absoluto secreto), quien tenía entre sus muchos méritos el haber descrito para *Excélsior*, con una prosa impecable, el incendio en que murió su mujer y sus dos hijos, antes de derrumbarse sobre la máquina de escribir. Lo siguieron con un breve intervalo Luis Martínez de la Garza alias *El Piojo* porque tenía una cresta blanca rematando su cabellera, como de guacamaya, y cubría la sección roja de *El Heraldo de México*, sin grandes dificultades a pesar de ser tartamudo, y Juan Antonio de Blas, el periodista de *Omega*, que vivía la doble vida de cronista y personaje de la nota roja, vistiéndose de mujer al terminar la jornada de ocho horas y paseando por los tugurios más sórdidos de la ciudad.

Poco había en común en las edades, las vestimentas, los estilos de los cuatro periodistas que habían acudido al llamado del decano y personaje mayor del periodismo de sucesos del país, Pioquinto Manterola. Eran insobornables, consideraban su trabajo la última barrera entre la sociedad y la barbarie y profesaban extrañas ideologías en las que había grandes influencias de Nietzche, el acto segundo de *El Barbero de sevilla*, la moralina de Víctor Hugo, el estilo de Edmundo Dantés y Margarita Gautier combinados, Epicuro y Toño Rojas.

Una vez los cinco estuvieron dentro, el poeta cerró cuidadosamente la puerta y con una botella de Chianti en la mano que le había regalado el bodeguero del Ginebra para pasar el rato, permaneció 45 minutos haciendo su guardia real. Al cabo de tres cuartos de horas los personajes salieron no más desarrapados que de costumbre, pero quizá un poco más rápido que lo habitual. El último fue Manterola que se frotaba las manos.

46

DIÁLOGOS, LECTURAS, DISFRACES

Echaron la puerta abajo con las culatas de los rifles cortos, y el poeta no tuvo tiempo más que de ponerse los pantalones y descolgar a la Otilia con una cuerda por el cubo del patio interior.

Antes de que acabaran de destrozar el marco de la puerta, el poeta la abrió.

—¿A qué tanto escándalo, señores?

—¿Fermín Valencia? —preguntó un sargento de la gendarmería al que seguían dos números.

—El mismo que viste y calza, y si me la miran fijo también se me alza —dijo el poeta, con lo que se ganó que le cruzaran la cara con la culata de un rifle tumbándole dos dientes.

—Se lo alzarás a tu chingada madre —dijo el sargento.

Fermín escupía sangre cuando vio que el licenciado Verdugo se abría paso entre los mirones que saturaban la puerta rota. El barrio de Tacubaya se prestaba para las escenas, los tumultos y los espectáculos gratuitos.

—Con permiso, señores, con permiso —dijo Verdugo.

—¿Y usted quién es? —preguntó el sargento.

—El abogado del señor, ¿de qué se le acusa?

—De asesinato de un oficial del ejército mexicano.

—¿Sabe usted dónde tiene el ombligo, sargento? Pues le voy a hacer otro agujero simétrico arriba de ése —dijo Verdugo, sacando de la funda sobaquera su pistola en un movimiento que se había pasado la mañana ensayando en los baños La Ópera. Más cauteloso que su amigo, había consumido la noche vagando por la ciudad que conocía y que lo protegía, y la mañana en los baños públicos, dándose regaderazos a presión con agua helada, nadando en una pequeña alberca de agua tibia, y ensayando la sacada de pistola en el reservado de la casa de baños de Filomeno Mata 15.

—Conque soltando al caballero si no quieren quedarse en su sitio.

Tomó al poeta del brazo, pero éste se revolvió, quitó los Remington a los gendarmes y los tiró por el cubo del patio rezando porque la Otilia se hubiera quitado de allí; luego buscó su Colt entre las sábanas revueltas. Ya con él en la mano se acercó al sargento.

—Sargento, usted tenía que detenerme, los dos dientes que me sacó fueron un acto ¿cómo dijéramos?, más allá del deber, ¿verdad?

—No van a poder salir de aquí, tengo dos hombres más abajo.

—De manera que repita conmigo: soy un pendejo gendarme y también soy algo mulo, por querer chingar poetas, me van a dar por el culo. . . A ver: Soy un pendejo gendarme. . .

Manterola, con sus ahorros en la mano, se había disfrazado de príncipe hindú. Siguiendo la teoría de que no hay mejor defensa contra la persecución que el ridículo, estaba inscrito en el mismo hotel Regis bajo el nombre de maharajá Singh Lai de Kuala Lumpur (de algo había de servir la concienzuda lectura de Salgari) y andaba con turbante y camisa de brocado comprando la prensa de la mañana.

Excélsior dedicaba las ocho columnas de la página de sucesos a revivir la historia del robo de joyas de las ancianitas y a identificar al prófugo Dionisio Garrochátegui con "un tal Ramón, protegido de un oficial connotado de la gendarmería", relacionaba las joyas robadas con algunas aparecidas en los bolsillos de un trombonista, hermano de un coronel que era íntimo amigo del otro coronel mencionado.

El maharajá hindú se frotó las manos y continuó la lectura. La primera página de la segunda sección de *El Heraldo* se dedicaba a ventilar con abundantes datos (¡era un genio el colega Martínez de la Garza, la única competencia seria en el ambiente!) la historia del abastecimiento militar de forraje en la Ciudad de México. El diario, propiedad del general Alvarado, podía darse el lujo de zumbarle a algunos estratos del poder obregonista y Martínez utilizaba el privilegio. Según el articulista, un anónimo coronel de la gendarmería (sólo había tres, Gómez y dos subordinados suyos, o sea que la mira estaba bien puesta) tenía la concesión de abastecer de granos y forrajes las caballerías del ejército en todo el Valle de México, y se las vendía con un 60 % de recargo sobre los precios de mercado. El reportero se preguntaba a qué se debía ese vergonzoso acto, y en un remate moralizante le pedía al general Cruz tomara cartas en el asunto y deshiciera el enjuague por el buen nombre de la milicia revolucionaria.

Cansado de leer a un lado del mostrador, Manterola-maharajá se dirigió al bar del hotel, y escogiendo una esquina mal iluminada en nombre de la clandestinidad, que no de la buena calidad de la lectura, abrió *El Universal*, donde Librado escribía una de sus retorcidas y emocionales crónicas, esta vez dedicada a preguntarse en voz alta cómo había muerto de saturnismo un afamado industrial gráfico que nunca se acercaba al plomo de las imprentas de su propiedad. La historia de la muerte de Roldán, que en su día no había merecido más de diez líneas, ahora era repasada con lujo de detalles y abundantes fotos de la viuda, incluido el palacete de la colonia San Rafael. Casi al final y casi al descuido, se preguntaba si no era la misma viuda que se dejaba ver en las recepciones de moda, del brazo de un coronel de la gendarmería de la Ciudad de México.

De Blas estudiaba en *Omega* con un tono más mesurado las acusaciones que un inexistente representante de El Águila hacía contra una banda que tenía su asiento en la colonia San Rafael y que había secuestrado a su delegado Van Horn.

Manterola pidió un whiskey en hindú, que es lo mismo que en español o inglés aunque con gestos extraños para dar la pala, y abrió su propio diario que había dejado para el final.

No era su costumbre releerse, el periodismo era efímero y así había que entenderlo y desde luego vivirlo. Toda crónica sucedida ayer formaba parte de un pasado histórico, que podía servir de alusión al presente pero que no había que andar paseando. Manterola decía que lo enorgullecía ver sus crónicas sirviendo en el mercado de abastos para envolver un buen huachinango un día después de publicadas.

Esta vez tenía motivos, quería ordenar los detalles del cerco periodístico que le había puesto encima al coronel Gómez. Bajo una foto poco agraciada de los dos cuerpos aparecidos en las afueras del palecete de la San Rafael, y que eran identificados como Michel Simon, tahúr francés, y el teniente Estrada de la gendarmería, el periodista se preguntaba, tras dar detalles de los perdigones encontrados en uno y las balas de 45 en el otro, si no era cierto que ambos habían estado al servicio del coronel Gómez, y si no era cierto que éste había disputado con ellos por motivos para todos desconocidos. Luego vinculaba al teniente Estrada con el asesinato del trombonista según los "varios testigos oculares consultados" y a éste con su hermano el coronel Zevada, íntimo del coronel Gómez. "En nombre de la necesidad de que no se manche el nombre de la gendarmería, el coronel Alberto Gómez tiene que dar muchas explicaciones a sus superiores", concluía.

Sacó su navaja suiza y recortó todos los reportajes. Cuidadosamente subrayó el nombre de Gómez o las alusiones a "un coronel de la gendarmería" en todos, y los puso en un sobre dirigido al jefe de la plaza, el general Cruz. Luego se frotó las manos de nuevo hasta sacarles brillo. La voz de los mudos en acción, la carga de la letra impresa, se dijo.

Al salir de la asamblea sindical de La Providencia, Tomás y San Vicente se fueron caminando juntos por los callejones de San Ángel. El chino había escogido como escondite, para él, su amigo y Rosa, una carbonería que trabajaban en cooperativa un par de anarquistas conocidos suyos despedidos de otras fábricas. El cielo azul brillante y sin una nube estaba lleno de pájaros.

—No te entiendo, Tomás, pones obstáculos a que hagamos una acción revolucionaria y ahora no se te mueve una pestaña cuando tus amigos dicen que quieren asaltar un banco.

—Una cosa es la olganización y otla nosotlos. Así son las cosas, ¿qué quieles que haga?

—Pero si son un montón de aficionados, coño. Amateurs, verdaderamente. Vamos a asaltar un banco; como si dijeran vamos a saltar a la cuerda, o a jugar a la gallina ciega. La hostia es esto.

—Pol eso te necesitamos a ti, helmano.

—No, si eso quedó clarísimo. Lo que pasa es que yo dejé muy claro que si vosotros sólo queréis la caja de seguridad del gringo y lo que tenga dentro, yo me llevo los billetes.

—Nadie dijo que no. Cuando explicaste que no los quelías pala ti, sino pala plomovel la plensa analquista, todos dijelon que sí, hasta yo. ¿No es veldad?

—No, eso era lo que me faltaba, que estuvieras dispuesto a asaltar un banco y no para la causa.

—Alguna vez, tú y yo, ilemos asaltando bancos y bulgueses pol el mundo, sólo que en lugales donde no haya

olganización pala que no puedan culpal a los compañelos, ¿de acueldo? Dalo pol hecho.

—Yo no quería matarlo, pero algo me obligaba a apretar, y yo sabía que no era él y sí era él, ¿entiendes? —dijo
en un arranque Verdugo, que no tenía ganas de hablar.

El poeta, que venía pensando en la Otilia, se limitó a
asentir.

—Nadie sabe la cantidad de demonios que trae dentro.
Esa mujer me sacó uno y lo soltó a rondar por las calles.

—Deberías casarte con ella, aunque bizquee un poco y
sea zipizape.

—No estaría mal, siempre me gustaron las pelirrojas.
Además, te imaginas la placa en la puerta: Verdugo-Abo-
gado, Celeste-Hipnotizadora.

—Whiskey, another, please —dijo Manterola y se secó
el sudor que corría bajo el turbante.

—Píntalo de rojo rubí —le dijo Verdugo a uno de sus
contactos allá por el rumbo de la Candelaria que por mó-
dicos 25 pesos le cambiaba el color al Packard.

—Robar un banco es un arte —dijo San Vicente—. Un
arte.

—¿De qué parte de la India es usted caballero? Porque
yo he servido en la embajada de mi país en Bombay —dijo
un argentino.

—De rojo se ve una mierda —dijo el poeta que se afeitaba el bigote.

—No se puede llegal a nuestla edad sin sel enamolados
de las máquinas —le dijo el chino a San Vicente sin que
viniera a cuento.

—No va usted a crecer aunque se quite el bigote, poeta.

—From Kuala Lumpur, I have never been in India, sir.

—Denle fuego a todo —dijo el coronel Gómez a dos subordinados suyos que regaban gasolina en la casa de Verdugo sobre la cama y las alfombras.

210

47

BONITAS HISTORIAS QUE VIENEN DEL PASADO: DEL CUADERNO DE FERMÍN VALENCIA

Yo podría ser jardinero en lugar de poeta, y desde luego no volver a tocar una mierda de pistola en toda la vida. No se hace poesía con pistolas ¿o sí?

48

UNA FOTO EN EL ZÓCALO

Verdugo gastó los últimos pesos que le quedaban del billete de lotería premiado en llenar el tanque del Packard y en comprarse una cámara Kodak junto con un carrete de película en American Foto. Escuchó pacientemente las instrucciones, a pesar del poeta que insistía en que él ya sabía manejarla, y luego les pidió a sus amigos que posaran ante el Palacio Nacional.

San Vicente, que se negó terminantemente a salir en la foto, fue el encargado de tomarla.

—No sabía que usted era un romántico —le dijo el periodista a Verdugo mientras San Vicente oprimía el disparador.

La foto, que debe de andar por ahí, muchos años más tarde, muestra a los cuatro personajes: Verdugo, ceñudo, con su Stetson gris perla calado casi hasta las cejas, su traje cruzado gris, impecable, sin una arruga, su mano izquierda que juega con el anillo de la derecha. A su lado el poeta, trepado en una pequeña barda, con sus botas festivamente colgando, le pasa un brazo por el hombro a él y otro a Manterola; es un poeta levemente aniñado por la falta de bigote, sonriente, feliz, como en Zacatecas. Manterola con su eterna gorra inglesa cubriendo la calva, tiene una mirada paternal, de ancianito jugando una travesura: media sonrisa entre los labios ocupados en mascar un Águila sin filtro. A su lado, Tomás Wong, que ha adquirido el bigote que le falta al poeta, parece un chiquillo desamparado, con las manos en los bolsillos, mirando con reto un costado de Palacio Nacional; los músculos de los brazos hinchados que sobresalen de la camiseta blanca, como a punto de explotar. La cicatriz en su frente brilla. Un poco más atrás se ve un astabandera con la enseña nacional flameando.

Después de esa foto se fueron a asaltar el banco.

—Buenos días, esto es un asalto —dijo un enmascarado chaparro que sin hacer mucho caso de si los cuatro clientes, los empleados y el policía levantaban las manos o no, se fue directo a las cajas de seguridad con una palanqueta de hierro, y comenzó a forzar una tras buscar cuidadosamente su número.

—Creo que el señor les dijo que era un asalto, pues bien, sí es un asalto. Les cuento esto para confirmarlo —dijo el enmascarado elegante, que coronaba su cabeza con un bello Stetson gris perla, y que traía una escopeta en las manos.

—Coño, que es un asalto. Pongan los billetes en sobres grandes. Nada de monedas, nada de oro ni plata —dijo un tercer enmascarado en mangas de camisa.

—Yo lo que quiero es romper la piñata. . . —completó el enmascarado chaparro que forcejeaba con la palanqueta de hierro. Tras dos intentos, dejó de sufrir y se acercó al gerente.

—Mire, aquí está la contraseña de esa caja de seguridad, y lo que pasa es que perdí mi identificación, pero con la contraseña basta, ¿no? Usted bien podría ahora ahorrarme el trabajo. . . —dijo metiéndole un Colt 45 en la garganta al banquero.

—¿Sólo esto? Y ustedes son un banco serio, ¿es un banco de burgueses o de mendigos?, coño —dijo el enmascarado en mangas de camisa y, haciendo gala de una habilidad que nadie hubiera sospechado, saltó el mostrador y se dedicó a sacar nuevos billetes de los cajones.

—Listo —dijo el chaparro.

—¿Qué es? —preguntó el del Stetson.

—Un documento de unas cinco páginas y otro que parecen unas actas o un acuerdo manuscrito.

—Así me gusta, ahora sí —dijo el descamisado con cinco sobres repletos de billetes.

—Yo también podía habel dicho "esto es un asalto", no hay eles en esas cuatlo palablas —dijo Tomás mientras el automóvil iba por Puente de Alvarado rumbo a Tacuba.

—Y qué, ¿te ibas a pintar de blanco lo amarillo?

—No es tan amalillo, podía pasal pol palúdico con máscala.

—Palúdico con máscara, ¡me cago en dios, qué falta de seriedad!

—Lee, maldita sea, lee —dijo Manterola al volante del Packard.

—¿Periodista, usted tiene licencia de automovilista? —preguntó Verdugo.

—Es un plan militar, un plan para levantarse en armas contra el gobierno, muchas palabras huecas. Pero no es de ahora, es de 1920, de abril, un mes antes de la rebelión de Agua Prieta contra Carranza. . . A los que hicieron este plan los madrugaron.

—¿Quién firma? No, espera, no me digas nada. . . Gómez. . . —dijo el periodista.

—Zevada —dijo el licenciado Verdugo.

—Y Martínez Fierro —dijo el poeta.

—Las cosas se aclalan.

—Bueno, no estuvo tan mal, menos da una piedra. Sesenta y tres mil pesos uno encima del otro.

49

BONITAS HISTORIAS QUE VIENEN DEL PASADO: ZEVADA, MARTÍNEZ FIERRO Y GÓMEZ EN MATA REDONDA

Los tres coroneles llegaron por separado en la noche de tormenta. Zevada y Martínez Fierro en sus automóviles con una pequeña escolta. Gómez, a caballo, acompañado de un teniente de su confianza, fue el último en arribar. Despojándose de una manga de hule entró al salón donde sus otros dos compañeros esperaban bebiendo vino en copas de cristal cortado. Los cinco norteamericanos se encontraban al fondo del salón. Dos de ellos apoltronados en un sillón de terciopelo verde, fumando puros; un tercero, hombre de pelo blanco y mirada vidriosa, contemplaba la tormenta a través de los cristales; dos más conversaban sentados en torno a la mesa.

—Estamos completos —dijo Zevada, un hombre alto y malencarado, con una cicatriz que le bajaba del mentón hasta la barbilla.

—Coronel Gómez, pase por aquí —dijo uno de los norteamericanos, William C. Green, gerente general de la Huasteca Petroleum Co—. Quiero presentarle al senador Fall y a los señores Doheny, Sinclair y Teagle.

Gómez extendió la mano al senador que tenía más cerca, y luego saludó militarmente a los hombres fuertes del petróleo. Un taconazo para un tercio del petróleo mexicano, otro para la Standard Oil de New Jersey, uno más para la compañía que llevaba el apellido de su dueño; en esos tres parcos saludos había ofrecido su reverencia al 30 %

215

de los ingresos del país por vía de impuestos a la exportación y la explotación, sobre 194 millones de barriles anuales. Luego dirigió un saludo con la cabeza a sus dos colegas. Entre los tres garantizaban el poder militar en toda la región petrolera que cubría desde la frontera de Estados Unidos, las refinerías en Tampico, el norte de la Huasteca veracruzana.

—Bien, señores, vamos a lo que nos trajo, hace una noche de mil demonios allá afuera y tengo que amanecer en mi campamento en Pánuco.

Greene, actuando como anfitrión, condujo al grupo hasta un salón vecino donde se fueron sentando en torno a una amplia mesa de caoba. El gerente de la Huasteca ofició como camarero sirviendo vino y unos pastelillos de carne. Fuera de los ocho hombres, el caserón estaba vacío.

—Cuando ustedes quieran. ¿Señores? —dijo el gerente de la Huasteca.

Se habían sentado en dos bloques: de un lado, los militares mexicanos, del otro los petroleros y Greene con el senador Fall.

Los tres coroneles se miraron entre sí. Martínez Fierro era el que había obtenido su grado antes, pero Gómez era el que controlaba las fuerzas claves de la zona petrolera, y fue él quien tomó la palabra.

—Estamos dispuestos a alzarnos, tal como se ha comprometido. El coronel Martínez se hará cargo de la frontera, Zevada de la región de Tampico y yo de la zona norte de la Huasteca. Hemos visto los posibles obstáculos y son de menor importancia. A la primera señal del golpe liquidaremos al general Arnulfo Gómez y habrá que fusilar al coronel Lázaro Cárdenas en Papantla. Sabemos que ustedes tienen tomado del cogote al general Peláez, y que a la primera noticia del alzamiento se pondrá de nuestro lado. Tenemos hombres de confianza en las guarniciones de Reynosa, Laredo, Tampico, Pánuco, Tantoyuca, Chicontepec y Tuxpan. Con las fuerzas de Peláez tendremos en armas unos cinco mil hombres en las primeras horas del alzamiento.

Green traducía a Fall en un murmullo el resumen de Gómez y lo mismo hacía Doheny para Teagle y Sinclair.

—Ahora bien —continuó Gómez—, suponemos que Carranza mandará contra nosotros a Pancho Murguía desde el centro, que de Veracruz Aguilar enviará a Guadalupe Sánchez en persona, y que desde el oeste tendremos problemas con las fuerzas del general Marcelo Caraveo. Los conflictos que tienen entre ellos por la campaña electoral los inmovilizarán unos días. El gobierno central mal puede contar con los obregonistas y hasta mi general Pablo González no es pieza firme a estas alturas. Eso podemos aprovecharlo. Aún así, no creo que podamos aguantar más de una semana. Ese tiempo les damos. Si en cinco días ustedes no resuelven el problema político, ya nos pueden ir depositando la suma convenida en un banco de Los Ángeles, y la próxima conferencia la tendremos por allá, señores.

—El senador Fall me ha pedido que en su nombre les transmita lo siguiente —dijo Greene—: Una vez ustedes se hayan alzado y el plan se haga público, el Departamento de Estado, en nombre de la seguridad de los intereses norteamericanos en esta zona del país, declarará que pone la zona bajo su protección, misma que ustedes pedirán al día siguiente del alzamiento argumentando que no pueden garantizar la seguridad de los pozos y que existe una amenaza del gobierno de Carranza de dinamitarlos y poner en fuego la región petrolera. Creo que podemos garantizar un desembarco de marines en Tampico a los tres días de iniciarse el conflicto. Ustedes tendrían entonces que declarar su autonomía respecto al gobierno central y nombrar una administración que coordinara esfuerzos con las fuerzas expedicionarias nuestras. Los señores

217

—dijo señalando a los barones del petróleo— presionarán, en cuanto se inicie el golpe, al Departamento de Estado para garantizar la inmediata intervención.

—¿Pueden darnos garantías de que habrá desembarco en tres días? —preguntó Zevada—. Yo puedo abrir la frontera por Reynosa en caso de necesidad.

Green se acercó a Fall e intercambiaron comentarios en inglés.

—En tres días, desembarco. Se acepta la sugerencia de que se abra la frontera, el senador Fall explorará en medios militares la posibilidad de que se pueda montar de inmediato una columna de caballería que entre por el norte del territorio.

—¿Respecto a los términos económicos comentados? —preguntó Martínez Fierro.

—Señores, tienen garantías de que en caso de que el golpe fracase tendrán ustedes depositado en una cuenta en L.A. medio millón de dólares cada uno.

—¿Y en caso de que trinchemos? —dijo Zevada.

—El 3 % para cada uno de los actuales impuestos sobre la explotación y la exportación.

—Algo más, señores. Formaremos un triunvirato para dirigir la región autónoma, y cuando las cosas se tranquilicen, ustedes nos libran de Peláez.

—Délo por hecho —dijo Doheny y sus palabras fueron subrayadas por un puñetazo en la mesa.

Greene abrió una carpeta verde y sacó cinco copias de un documento.

—Aquí está el Plan de Mata Redonda, caballeros, sírvanse leerlo. Una copia será para cada uno de ustedes, una para las compañías y la quinta para el senador Fall, que le dará el uso adecuado en su momento.

—Antes de firmar, queremos una copia por escrito de sus intenciones y de los acuerdos económicos a los que hemos llegado.

218

Los petroleros consultaron entre sí en inglés. Doheny habló a nombre de los tres:

—Estamos de acuerdo, pero no podemos permitir que en caso de que fracase el movimiento se haga público. ¿Qué garantías nos dan?

—Habrá sólo una copia y nosotros nos encargaremos de que no circule. Enviaré a mi asistente mañana y la depositaremos, como los papeles de la herencia de un pariente, en la Banca de Hamburgo en Tampico.

Las copias del plan circularon. Gómez, Zevada y Martínez Fierro las firmaron sin apenas ojearlas.

—¿Y tienen ustedes un nombre para el protectorado en caso de que nuestro movimiento triunfe? —preguntó Green.

—A mí se me había ocurrido llamarlo la República de Oro Negro —dijo Gómez. Una vez se hubo traducido, los asistentes a la reunión rieron.

50

MANTEROLA Y VITO ALESSIO

El periodista entró sin llamar al despacho de Vito Alessio Robles, director y propietario de *El Demócrata*. Sin cruzar palabra, puso sobre su mesa el Plan de Mata Redonda, y se sentó a esperar la respuesta de su jefe.

Vito Alessio, hermano del secretario de Obregón, Miguel Alessio Robles y hombre independiente dentro de las filas del obregonismo, había construido el mejor periódico de México en tan sólo dos años. Con una notable autonomía frente al poder central, una sección laboral excelente, una información de los estados muy rica y una brillante nota roja, estupendamente diagramado y titulado, el diario rebasaba en tiraje a sus tres competidores. Estaba acostumbrado a pagar la genialidad de sus redactores, a soportar la estravagancia de unos, las manías de otros, la bohemia impenitente de alguno más, a cambio de una disciplina periodística notable, y una pasión desbordante por el oficio. Por eso no se sorprendió por ver llegar a su estrella policíaca vestido de maharajá, y se dedicó a leer el documento.

—Bien, Manterola, ¿qué quiere hacer con esto? —dijo al levantar su vista de los papeles.

—Supongo que ha seguido mi campaña contra Gómez, éste es el remate.

—Me gustaría cubrirme las espaldas antes de publicarlo. Quisiera hablar con mi hermano. El documento no sólo involucra a tres coroneles. . . Por cierto, uno es el que mataron enfrente, ¿verdad?

220

—Así es. Debería estar chantajeando a los otros dos.

—En esto tiene que ver el gobierno y su negociación con las compañías petroleras. No quisiera hacerle daño al país reventando esta nota. Imagínese que con esto denunciamos a las cuatro compañías norteamericanas por tratar de organizar una revolución en México para separar del país la franja petrolera. No me preocupan los tres coronelitos estos, ni aunque uno sea el coronel de la gendarmería de la ciudad, me preocupa la posición del gobierno.

—Tenemos primera plana para una semana, señor.

—No lo dudo, pero me gustaría consultarlo. Desde luego, si usted me lo permite. Si usted insiste, lo publicamos. La noticia es suya y que se hunda el mundo, nosotros estamos aquí para informar; pero si usted me lo permite, quisiera llegar hasta arriba del gobierno.

—No tengo inconveniente, señor, ¿cuántos días necesita?

—Dos a lo más —dijo el director del diario mirando fijamente al periodista.

—Tengo un pequeño problema, señor. Ese documento es mi seguro de vida. En la medida en que no se publique y haga correr a los dos coroneles, yo soy medio difunto, señor.

—Tiene usted garantías mientras esté en la redacción.

—¿Contra el coronel Gómez?

—Contra él y contra toda la gendarmería de la Ciudad de México si hace falta. Esté seguro —dijo Vito Alessio, y tomó el teléfono—. Señorita, quiero Ericsson 7-91, directamente con mi hermano, dígale a su secretario que es de vida o muerte. Sí, así de trágico póngaselo.

—Señor, quisiera conservar el original. . .

—Permítame entonces tomar unas notas.

—No faltaba más.

—Puede pasar a la caja mientras tanto, esto amerita un bono a su favor.

—Se lo agradezco, no sabe lo caro que cuesta andar de hindú en una limusina alquilada.

Vito Alessio rió.

Pero mucho más rió Gonzaga cuando vio aparecer a Pioquinto Manterola con turbante.

—¿Me permite dibujarlo?

—Váyase usted al carajo, pintamonos.

—Oiga usted, hablando de eso. Tiene usted un recado aquí, una cita para todas las noches desde ayer, con un coronel del ejército. Aquí lo tengo anotado. . . El Circo Negro. Oiga usted, oiga usted, ahora entiendo, le dan empleo ahí. . . de portero.

51

TIROS EN EL *CIRCO NEGRO*

En el interior del Packard, el poeta se bajó los pantalones ante la sorpresa de Verdugo; con una navaja cortó el fondo del bolsillo del pantalón, cargó la escopeta y se la pegó a la pierna derecha; luego, ayudado por un rollo de esparadrapo, se la pegó a la pierna dejando los gatillos a la altura del muslo. Hizo tres anillos de esparadrapo uniendo la pierna a la escopeta; uno a la altura del tobillo donde quedaban los dos cañones, un segundo a la altura de la rodilla, poco antes de los percutores, y un tercero en la parte alta del muslo sobre la culata. Luego se volvió a poner los holgados pantalones; y ahora, con una pierna tiesa, metió la mano en el bolsillo y sintió los gatillos a través de la rajadura.

—Perfecto —dijo—. Todo lo que tengo que recordar es no ponerme a bailar, porque como se me dispare, que me elevo.

—Poeta, si tenemos que salir corriendo no te veo con mucha agilidad.

—Si tenemos que salir corriendo me quito los pantalones y listo. Tú no desprecies la estrategia.

Verdugo, para no ser menos, verificó que su pistola estuviera cargada y la colocó en la funda sobaquera, luego se llenó de cartuchos los bolsillos del traje blanco de lino, un traje Palm Beach recién comprado en El Correo Español por 40 pesos.

Por la esquina de Héroes apareció el periodista. La calle estaba vacía.

—¿No se va a poner los lentes? —preguntó Verdugo observando a Manterola desde el coche.

—Si hay tiros, todo va a ser de cerca, no se preocupe —dijo el poeta y se anudó al cuello un pañuelo de seda rojo. Verdugo se miró al espejo retrovisor y vio unos ojos sin brillo y una sonrisa. Se dio por satisfecho. Bajaron del automóvil y se dirigieron al *Circo Negro*, guiados por la música.

El *Circo Negro* estaba de moda entre los que sabían de música tropical en la Ciudad de México, que en aquellos años no eran muchos, y entre los buenos bailarines de las clases populares. En la esquina de Héroes y Camelia, en la siniestra colonia Guerrero, se había vuelto la catedral de la rumba, y los que oficiaban en la catedral eran una docena de cubanojarochos del conjunto *Éxtasis*. Al darle a la puerta de vaivén, a escasos dos pasos atrás del periodista, una oleada de ruido, sudor y humo les golpeó la cara.

El cabaret estaba dispuesto como un cajón formado por dos largas barras a los costados de donde salían las bebidas, una tarima al fondo en la que se tocaba la música y una gran pista circular para el baile. En torno a ella dos docenas de mesas acogían a una concurrencia formada mayoritariamente por oficinistas, artesanos, estudiantes pobres, putas y músicos que venían a aprender algo nuevo. El grupo *Éxtasis* terminaba su segunda ronda de la noche cerca de la entrada y un mulato bailaba descalzo a mitad de la pista. Verdugo devolvió la mirada a un militar y dos civiles sentados en una mesa que los vieron entrar. A espaldas de ellos, el chino y San Vicente bebían una copa y fingían estar metidos de lleno en la rumba. Mientras el periodista se dirigía directamente a la mesa de los militares seguido por el poeta, Verdugo estudió el salón. Descartó a casi todos los concurrentes a excepción de dos sujetos acompañados por una mujer situados a tres mesas de distancia de la que parecía ser el centro de la reunión. Los ojos le lagrimearon por el humo.

—Buenas noches, coronel, soy Pioquinto Manterola —dijo el periodista y tomó asiento ante el gesto de bienvenida del oficial.

El poeta, que lo seguía cojeando, se sentó un poco alejado de la mesa y tirando de una silla de una mesa cercana, puso sobre ella su pierna tiesa, de manera que la bota apuntaba al estómago del coronel Martínez Fierro. Verdugo ocupó la sexta silla, a la izquierda del periodista y a distancia de su brazo estirado quedó uno de los civiles; un güero con aire de despistado, y por lo tanto, más peligroso, a juicio del abogado, que creía en cualquier cosa menos en las apariencias.

—Dos amigos míos, señor Manterola —dijo el militar señalando a sus compañeros.

—El licenciado Alberto Verdugo y el poeta Fermín Valencia, dos grandes amigos míos —respondió el periodista.

—¿Qué se toman?, ¿nos acompañan? —el militar, un hombre de unos 40 años, muy moreno y con los ojos hundidos que brillaban a pesar de la escasa luz que había en el cabaret, ofreció mezcal o tequila y sirvió unos vasos vacíos que estaban alrededor de las botellas. Manterola negó con la cabeza, el poeta denegó muy amable. Verdugo aceptó una copa. Si iba a pasar algo, no iba a ser veneno. Tomó el mezcal y lo apuró de un trago. El conjunto terminaba de tocar y remataba con una fanfarria. Verdugo aplaudió, y buscó con la mirada a los que no aplaudían. Añadió a la lista de probables blancos a un hombre que estaba con la cabeza hundida entre las manos en una de las barras, a unos metros a su espalda.

—Caballeros, no les voy a hacer perder su tiempo. Ustedes tienen un documento, o si no lo tienen saben de él. Traté de que los enviados de El Águila que me lo robaron no lo hicieran circular, pero quién sabe cómo se me peló. No era de ellos, era mío, y nunca debió haberse conservado.

Ahora lo que quiero es que esto se olvide y ya. Que se dediquen a sus cosas y me dejen dedicarme a las mías. Ya, pura paz, pues.

—¿Y cuáles son sus cosas, coronel?

—Por eso son mías, pendejo, ¿entiende?

"Esto no va a durar mucho", se dijo el poeta y fingiendo incomodidad colocó su pierna tiesa de manera que le apuntara a la cabeza al coronel. Luego, metió la mano derecha en el bolsillo, y acarició los gatillos de la escopeta.

—¿Y qué nos ofrece a cambio? —preguntó el periodista cuyas manos comenzaron a sudar. Sabía que el miedo podía paralizarlo, por lo tanto, no podía perder tiempo.

—Yo no soy Gómez, yo no tengo dinero para andarlo botando de aquí para allá y a cualquier pelado que se me ponga enfrente. Yo maté a uno de los ingleses, y por meterse usted, contraté a tres pendejos para que se los echaran, pero eran malos pal'tiro. No siempre han de ser así y pistoleros sobran, baratos. Yo les ofrezco su pellejo, señores, eso namás. Ustedes dirán cuánto vale. ¿Para qué quieren billetes? ¿Para dejarlos en herencia?

—¿O sea que nos pide silencio a cambio de la vida? No, pues está bueno el trato, ¿verdad, Verdugo? Un coronel sirviente de los gringos que estaba dispuesto a venderles un pedazo del país nos ofrece la vida. No, a toda madre.

—¿Me permite, Manterola? —dijo el poeta.

—Dígame, señor Valencia.

—Este pinche coronel se equivocó con nosotros. Mamones como él no los uso yo ni para que me laman las botas, menos el pito.

—Muy bonito, poeta —susurró Verdugo y empujó al rubio desabrido que estaba sacando la pistola bajo la mesa aunque no lo bastante rápido para evitar el primer tiro que le voló el sombrero y le hizo una raya en el pelo por la que brotó la sangre. Con la izquierda echó mano a su pistola, pero antes de que pudiera sacarla, Fermín Valen-

cia había descargado la escopeta sobre el coronel Martínez y su otro acompañante, haciendo pedazos sus rostros
y sembrando de perdigones el cabaret.

En medio de los gritos, el periodista se dejó caer hacia
atrás justo cuando estallaban los dos tiros de la escopeta
del poeta, que resonaron como dos cañonazos en 16 de
septiembre. Verdugo se revolvió en el suelo buscando al
hombre de la barra que sacaba en ese momento un Colt y
apuntaba hacia el periodista tendido en el suelo, y le disparó tres veces viendo cómo se doblaba. Vio también el
fogonazo de la pistola del herido que hizo saltar astillas
de la mesa volcada. El chino Tomás Wong, con el cuchillo en la mano, contemplaba a los hombres de la mesa ve-
cina que se limitaron a sonreírle a él y al cañón de la 38 de
San Vicente, que les buscaba el estómago.

En el suelo se libraba un segundo combate, el pistolero
güero había hecho un par de disparos más, pero el periodista le había respondido con un tiro de suerte que le perforó
el hombro. Verdugo buscó con la vista desesperadamente algún nuevo movimiento inusitado. Poco a poco se fue haciendo el silencio. Tomás avanzó desde su silla y apartó de una
patada la pistola del pistolero güero. El poeta brincaba tratando de apagar la pernera del pantalón que humeaba.

—Mierda, casi me vuelo los dedos del pie, por no tor-
cer bien el tobillo —dijo a quien le quisiera oír.

Verdugo se acercó a los cadáveres del coronel y su
guardaespaldas. La escopeta los había desfigurado. El
rostro del coronel era una mancha informe de sangre y astillas de hueso. Sin poderlo remediar, comenzó a vomitar
sobre los cadáveres. Manterola se levantó y se puso de
nuevo los lentes de arito, las manos le temblaban. Sólo él
y sus cuatro compañeros estaban de pie en el salón. Alguien sollozaba detrás de una mesa. Eso y las arcadas de
Verdugo rompían apenas el silencio. Por una vez extrañó
la Rumba.

227

52

LOS PERSONAJES JUEGAN DOMINÓ
SOBRE UN PIANO

En el garage de La Candelaria, donde pasan las noches
junto con el Packard rojo rubí, hay un piano desvencija-
do, y Verdugo toca las polonesas de Chopin, una tras otra
ante el deleite y el asombro del poeta, que guarda un res-
petuoso silencio mientras trabaja sentado en la parte trasera del automóvil y con la puerta abierta; Fermín a ratos
toma notas para la publicidad de Hemro de Stuart porque piensa ofrecérsela a la compañía, visto que la que
ahora usan es desastre (*Hemro de Stuart cura las al-
morranas que es una enfermedad muy progresista*).

—Buenas noches, compañeros —dice Manterola entrando por la puerta metálica junto con Tomás Wong.

—Estamos completos, ¿trajo las fichas?

—Desde luego; pero siga tocando, Verdugo, no hay
prisa.

—Por no haber, no hay mesa —dice el poeta—. ¿Y su
amigo, Tomás?

—Se quedó meditando Felmín, quelía ponel en olden
la cabeza, sabel si todos las cosas que hizo pol nuestla culpa esta semana estaban dentlo de sus plincipios.

—¿Y qué va a decidir?

—Supongo que pensalá que estuvielon muy bien. De
una manela sui génelis y medio indilecta le anduvimos sa-
cudiendo el polvo al Estado, ¿no?

—Bueno: militares, policías, banco. No estuvo nada

mal —dice el poeta arrimando al piano tres desvencijadas sillas.

—¿Sobre el piano?

—Sobre el piano, en cuanto Verdugo termine con Chopin.

—Ni yo puedo terminar con él —dice el abogado bajando la tapa.

—¿Hay respuesta del periódico? —pregunta el poeta.

—Todavía no, hablé por teléfono, pero el director no estaba. Maldita sea, no van a querer publicarlo. . . Me dijeron que había varios gendarmes por la calle Humboldt. Además Gómez citó a la prensa en una conferencia, supongo que para contraatacar; pero no asistió ningún periodista.

—Esa solidaridad gremial lo honra, amigo —dice Verdugo sonriendo. Sin Chopin de fondo, las voces se oyen huecas en el garage.

—Los gendalmes que no están en su dialio están en San Ángel, todo el balio está celcado.

—¿Va a estallar la huelga?

—Si no sueltan a Málquez mañana mismo —dice Tomás y se pierde en sus pensamientos.

—Si no lo publican, ¿qué hacemos? ¿Vamos a buscar a Gómez todos juntos? —pregunta el poeta.

—Si no lo publican es porque el gobierno no quiere acabar con Gómez, porque lo está cubriendo, y entonces más nos vale que nos enterremos bajo tierra, porque nos va a faltar ciudad para escondernos. Nos van a cazar como ratas.

—¿Por qué lo irían a cubrir? ¿Qué pueden ganar con Gómez?

—La policía es una mielda.

—Délo por sabido, ilustre hijo del sol naciente. No hace falta ser anarquista para estar de acuerdo, pero no lo entiendo. La policía es una mierda con reglas, y no entiendo nada.

—¿Sabe qué, periodista?, al margen de que yo tampoco entiendo, me quedan más dudas que claridades. Sabemos quién nos echó los pistoleros encima, pero ¿quién mandó envenenarlo?

—Gómez, supongo.

—¿Y por qué mató a los Zevada?

—Yo tengo una explicación —dice Verdugo—: Zevada era el hijo tonto de esta historia. Después de Agua Prieta se quedaron fuera de la posibilidad de organizar el alzamiento en la zona petrolera. Había nuevas fuerzas, ya no había tensiones entre los obregonistas y Carranza porque el viejo había estirado la pata. Tanto en San Luis Potosí como en Monterrey, Obregón contaba con generales leales, y además ellos estaban fuera de su zona de operaciones. El golpe se desvaneció. Por un lado Gómez se subió al carro de los vencidos y se dedicó a montar sus nuevos negocios por la Ciudad de México, Martínez Fierro siguió con mando de tropas; pero Zevada, por lento, quedó disponible. Supongo que intentó chantajear a Gómez y éste primero le pagó con joyas y luego con un viaje desde un tercer piso.

—Poeta, ¿de veras le interesa saber qué pasó? Mejor crucemos los dedos porque se publique el plan —dice Manterola esbozando un bostezo.

Los días han sido largos, las noches cortas e inquietas, el miedo siempre presente.

—Me rindo, saquen las fichas a ver cómo armamos las parejas.

—Un seis/uno —dice Manterola.

—Un seis/cuatro —dice Verdugo.

—La doble blanca —dice Tomás.

—El as/tres —dice Fermín Valencia.

53

LA HONRA DE UN CORONEL Y LA MUERTE
DE UNA VIUDA

—*El Demócrata*, segunda sección, aquí Manterola —dijo
el periodista al tubo.

—Manterola, habla el coronel Gómez —respondió una
voz cavernosa por el teléfono—. Le voy a dar una oportunidad, aunque no debería hacerlo. Usted ha mancillado
mi honra. Vamos a batirnos a duelo. Usted y yo solos.
Póngase frente a mí como un hombre, sálgase de las sombras. . .

—¿Cuál honra? —respondió el periodista tras un instante de silencio—. Coronel, métase el teléfono en el culo
—y colgó. Se quedó mirando el aparato fijamente. Se dio
cuenta de que tenía que atesorar esa voz y esas breves palabras, era lo único que poseía de su enemigo, el único
contacto que tenía con el hombre que había convertido su
vida en "un cuento narrado por un idiota", como decía
Verdugo.

—Oiga usted, oiga usted —dijo Gonzaga que pasaba
entre nubes—. Qué amistades tiene.

Manterola no le contestó al dibujante, y se concentró
en su máquina como escritor poseído por la furia sagrada.
Los dedos apabullaban las teclas; no tenía mucho tiempo. Él era un profesional, y aunque su presencia en la
redacción fuera tan sólo una pausa a la espera de la decisión
del director no podía dejar de entregar su diaria colabo-
ración. Así, fue desgranando una cavernosa historia sobre
los rumores que corrían en Durango de que Villa había

dejado la hacienda de Canutillo para ir a desenterrar un nuevo tesoro. Gonzaga, leyendo sobre su hombro, comenzó a dibujar a Villa metido en una cueva, con uno de sus Dorados sosteniendo una antorcha que iluminaba al arrodillado general, quien sacaba monedas de un cofre.

La redacción vivía la hora caliente del primer cierre. Ruvalcaba revisaba con prisa los editoriales que iban y venían del despacho del director, dos reporteros de la sección nacional trabajaban en la primera plana donde el titular principal era compartido por las declaraciones del ministro de hacienda, Adolfo de la Huerta, a su regreso de las conversaciones con la banca neoyorquina, y la huelga general decretada por los hilanderos de San Ángel en respuesta al secuestro de Márquez por la gendarmería.

De repente, un suave olor de violetas se esparció sobre las teclas y el periodista ajustándose sus lentes de arito, levantó la cabeza para ver a Margarita Herrera viuda de Roldán.

—¿Me permite acompañarlo? —dijo la viuda, observada minuciosamente por Gonzaga.

—En un momento estoy con usted, señora —dijo el periodista y continuó tecleando furiosamente, tratando de escaparse de la mujer cuyos ojos le taladraban la espalda. Cuando sacaba la cuartilla final para corregirla, un inusitado movimiento en la entrada de la redacción lo obligó a levantar la cabeza.

—¡Puta, más que puta! —gritó Ramón el gachupín avanzando hacia la viuda con una navaja en mano.

Manterola trató de interponerse, pero tenía a Gonzaga y el escritorio de por medio. La mujer se levantó, o al menos lo intentó, pero sus piernas le fallaron y cuando caía sobre la silla, el gachupín la apuñaló dos veces en el pecho. Manterola, tropezando, alcanzó a tomar un brazo de la mujer que se derrumbaba, sin hacer caso del gachupín que con el puñal ensangrentado le tiró inútilmente un tajo. Gonzaga se había apartado para captar en cada mínimo detalle la escena y luego poder dibujarla. La vida, cuando uno se descuida se vuelve inatrapable, inasible.

Afortunadamente para el periodista, Rufino, el mensajero del periódico, le atinó con un pisapapeles de bronce en la sien al gachupín, que cayó fulminado.

—Me muero, señor. Lamento habernos conocido tan tarde —dijo la viuda en brazos del periodista, cuya camisa se iba manchando de la sangre que brotaba lentamente del pecho de la mujer, cubriendo las heridas al extenderse por la blusa blanca.

—Hay amores bobos, sufridos como el nuestro, Margarita —dijo el periodista, y no se le ocurrió nada más, mientras la mujer boqueaba tratando de jalar aire, un aire que ya no llegaba a sus pulmones.

La redacción se había reunido en torno a la tragedia. Como una última guardia luctuosa, los compañeros de oficio de Manterola, descamisados, con sus cigarrillos apagados entre los dientes, de pie, hacían la última guardia a una viuda que había envenenado a su marido, había vivido con un coronel corrupto, era asesinada por un gachupín ladrón de joyas y moría en brazos de un periodista de nota roja al que le hubiera gustado estar enamorado de ella.

—El navajero está muerto, Manterola. . . Te lo echaste Rufino, con el pisapapeles. ¡Qué tino, carajo! —resumió Valverde, el novato de la sección deportiva que había estudiado dos años de medicina.

Gonzaga, manejando sus lápices y su carboncillo como un ilusionista, dibujaba la escena, tratando de que las sombras de la tarde no apagaran el rostro sanguinolento de la viuda difunta.

54

EL CRIMEN DE SAN ÁNGEL

Todo se había originado en la Santa Teresa, donde dos noches antes, tres agentes de la policía habían secuestrado a Julio Márquez, el Secretario del Interior de la Federación Textil, identificado por el gerente Julio Imbert. Al día siguiente Márquez no apareció. A las seis y cinco de la mañana, un torrente de obreros entró en las oficinas de Imbert preguntándole por Márquez, insultándolo y amenazándolo si algo le pasaba al dirigente textil. Imbert sacó su pistola del escritorio pero fue desarmado. La fábrica paró, los telares se detuvieron. Un grupo de trabajadores salió a la calle y con barretas de acero comenzaron a aporrear los postes de luz.

Al llamado de los golpes metálicos se paralizaron las fábricas en todo Contreras. Los obreros de La Magdalena, La Alpina y La Hormiga dejaron de trabajar, saliendo a la calle y repitiendo el rítmico golpeteo sobre los postes de luz.

La manifestación empezó en las puertas de la Santa Teresa con 500, y al pasar por Tizapán ya llegaban a cinco mil.

Tomás se despertó en la carbonería al escuchar el lejano repique metálico de las barras en los postes de la luz.

—¿Qué pasa? —le preguntó San Vicente saltando de la cama.

—Hay huelga genelal, ¿no oyes los postes de luz?

—No sabía que así se avisaba, ¡qué modernos somos, coño!

Rosa tomó de la mano al chino y la apretó suavemente.

—Cuídate mucho, va a estar lleno de gendarmes.

—Más vamos a sel nosotlos, ¿no oyes?

Tómas, enfundado en un abrigo y con un sombrero de palma enorme que le cubría el rostro, y San Vicente, con la cara tapada por una bufanda, alcanzaron la manifestación cuando bajaba por Puente Sierra. Mientras ellos buscaban a algún compañero conocido que les contara qué estaba pasando, en la punta se producía un choque cuando los manifestantes de la Santa Teresa descubrían en un automóvil a Imbert con cuatro agentes de la policía reservada. Los manifestantes arrojaron piedras sobre el automóvil y capturaron al gerente de la fábrica, que sangraba levemente de la cara por un golpe. A gritos le pedían que declarara en el ayuntamiento de San Ángel quién había secuestrado a Márquez.

Tomás y San Vicente con sus amigos Paulino Martínez y el negro Héctor trataron de avanzar hacia el frente de la manifestación, donde iban los enfurecidos trabajadores de la Santa Teresa.

A las ocho y cinco, en el Puente de Ansaldo, cinco gendarmes encabezados por un sargento y acompañados por empleados de confianza de la Santa Teresa, intentaron rescatar a su gerente. La manifestación respondió con piedras. Los gendarmes hicieron tiros al aire.

San Vicente se llevó la mano al bolsillo de la gabardina. Tomás lo detuvo.

—Si contestamos los tilos les damos pletexto pala tilal contla la manifestación, quieto.

El español asintió. La punta de la manifestación descargó una nueva pedrea contra los gendarmes que salieron corriendo.

A las ocho y media, cerca de siete mil manifestantes entraron en el zócalo de San Ángel, donde los esperaban dos escuadrones de la montada. Imbert trató de correr y recibió una pedrada en el codo. La gendarmería cortó cartucho. Tomás intentó abrirse camino, pero no pudo sortear a la multitud atrapada en un callejón, mientras las primeras filas entraban al zócalo. Subiéndose en el reborde de una ventana y sosteniéndose de una reja, trató de ver lo que pasaba en la plaza. Los gendarmes en dos líneas cubrían la entrada del ayuntamiento. Tras ellos, a caballo, se encontraban un par de oficiales. Tomás reconoció a uno de ellos, el coronel Gómez, con el rostro y el cuerpo tieso, rígido en el caballo, gritando algo. Ante el empuje de los manifestantes que estaban a unos metros de la gendarmería, éstos se retiraron rumbo a la plaza de San Jacinto. La manifestación quería llegar al ayuntamiento para forzar a Imbert a que declarara quién había secuestrado a Márquez.

El impulso de los que venían a través de los callejones empujó la puerta de la manifestación hacia San Jacinto, pero no bien habían entrado cuatro o cinco centenares de manifestantes, cuando la gendarmería hizo la primera descarga: cayeron seis o siete trabajadores, se produjo un retroceso de la multitud. Tomás y San Vicente trataron de abrirse paso, pero ahora era casi imposible.

—Es Gómez, ¿lo viste? El que da las óldenes es Gómez.

—Vamos a por él.

Pero en ese momento la gendarmería hizo una segunda descarga dejando el jardín de San Jacinto cubierto de cuerpos. Algunos manifestantes trataron de responder, pero poco podían hacer las piedras cóntra los Máusers. Tomás fue arrastrado varios metros, San Vicente en cambio, cubriéndose tras un árbol, sacó la pistola y disparó contra el coronel a caballo, la bala reventó una ventana a espaldas del militar, que buscó con la vista de dónde venía el tiro. Una tercera descarga de los gendarmes batió la plaza casi vacía. El coronel hizo caracolear un caballo y se alejó de la plaza por el lado contrario. San Vicente tomó en sus brazos a un niño de diez o doce años que tenía una herida en la pierna y retrocedió con la pistola aún en la mano, mirando la línea de gendarmes. Tomás lo ayudó a guarecerse en un portal. Poco a poco algunos manifestantes se acercaron a los caídos ante la mirada de las bocas de los rifles. En la plaza había dos docenas de heridos, nueve de ellos graves. Dos, el anciano Emilio López, viejo trabajador textil y el obrero Florentino Ramos, con dos tiros en el abdomen, morirían cn las próximas horas.

Las campanas de las cruces blancas y rojas comenzaron a sonar rompiendo la extrema fragilidad del aire. Tomás usó la bufanda de San Vicente para hacer un torniquete en la pierna del niño, que se había desmayado.

Un nuevo escuadrón de gendarmes entró en la plaza a caballo y comenzó a avanzar hacia las calles por donde había irrumpido la manifestación, cinco minutos antes.

—Vámonos, Tomás, van a empezar las detenciones.

—Pol eso no acaban con Gómez, polque lo necesitan pala estas malanadas.

—Me cago en la virgen santísima, lo tuve en la mira y el caballo se movió, carajo, ¡que se me seque la mano por imbécil!

—Vamos a pol él, Sebastián, debe habel ido al cualtel de Peledo a lepoltalse. Ahí tiene la base la gendalmelía.

—No vamos a poder pasar.

—Vamos a pol él, Sebastían. Esto no tiene nada que vel con lo de antes. Esto es cosa nuestla y de Gómez, nuestla y de todos ellos —dijo el chino señalando los cuerpos caídos en la Plaza de San Jacinto.

55

BONITAS HISTORIAS QUE VIENEN DEL PASADO:
TOMÁS WONG

Me hubiera gustado ir en todos los barcos que cargué, todos los bracos cuyos pasajeros ayudé a descender, llevando las maletas cubiertas de etiquetas de colores de hoteles, aduanas, líneas férreas. Me hubiera gustado abordar esas moles blancas y relucientes en el sol y partir.

Yo no soy de aquí. No soy de esta tierra donde he nacido; y en la vida se aprende, aprende el que quiere aprender, que nadie es de donde nació, de donde lo criaron. Que nadie es de ningún lado. Algunos tratan de mantener la ficción y se hacen de nostalgias, de posesiones, de himnos y banderas. Todos pertenecemos a los lugares donde no hemos estado antes. Si hay nostalgia, es de las cosas que nunca vimos, de las mujeres con las que no hemos dormido y soñado y de los amigos que aún no hemos tenido, los libros sin leer, las comidas humeantes en la olla aún no probadas. Ésa es la verdadera y única nostalgia.

También se aprende que en algún momento el camino se equivocó, y que las cosas no tendrían que ser así. Nadie tendría que comer arroz con gorgojos y maíz casi podrido en los campos petroleros, pagando el triple de lo que cuesta porque las tiendas las manejan las compañías; nadie tendría que luchar en medio de las lluvias para cerrar las válvulas del pozo siete; chapotear en la selva con las tuberías, perforar en pantanos, dinamitar, dormir en el suelo húmedo, ganar una miseria mientras el capataz come jamón y mantequilla sacados de dos latas de conserva que nosotros transportamos hasta allí; y el patrón, mucho más lejos de nosotros todavía, duerme en una cama sin sabernos, sin reconocernos como la fuente de su placer y su poder, sin adivinarnos como las hormigas que empujan con los hombros la subida de sus acciones bancarias en la bolsa de Nueva York.

Por eso no quiero subir a esos barcos blancos y resplandecientes, porque tendría que pagar mis sueños trabajando once horas diarias de camarero, puliendo los bruñidos pasamanos de bronce, sudando en el vapor de las cocinas. Por eso los barcos están lejos, y yo los veo llegar e irse de todos los puertos, de todos los ensueños, de todas las nostalgias.

56

"ALGUIEN ALGÚN DÍA CONTARÁ TODO ESTO"

A media mañana comenzaron a llegar a la redacción las noticias del tiroteo en San Ángel. Manterola, que había pasado la noche sobre un sillón en la antesala del despacho del director, rondaba por la redacción sin atreverse a meter las manos, pero persiguiendo cada fragmento de la información: reportes de las cruces blanca y roja, una declaración de Gasca, gobernador del DF, un llamado a la huelga general para el día siguiente emitido por el consejo federal de la CGT, reportes de dos compañeros que habían entrevistado a los heridos y a los manifestantes. Una declaración del ayuntamiento de San Ángel que señalaba que la manifestación era pacífica y culpaba a la gendarmería.

—Manterola, lo llama el jefe.

Caminó con aire desganado por los pasillos. Al pasar frente a la ventana desde donde había visto el cuerpo del coronel Zevada caer, contempló un camión de gendarmes frente a la entrada del edificio. En la noche, Ruiz, que cubría las fuentes del DF, le había dicho en susurro y en secreto que tuviera cuidado, que corría el rumor que los gendarmes tenían la orden de matarlo con cualquier pretexto, que Gómez había puesto precio a su cabeza y que el capitán Palomera había apostado que él se lo ganaba. A primeras horas de la mañana, dos agentes de la reservada, que cuidaban la entrada del diario (por los menos Alessio Robles había mantenido su promesa de darle protección), detuvieron a un supuesto comerciante que venía

240

armado, y se lo habían llevado a pesar de sus juramentos de que sólo quería poner un anuncio, porque no había podido identificarse, y a uno de los policías el rostro palúdico del hombre le recordaba a un ladrón conocido.

—Diga usted, señor director.

—El mayor Martínez me pidió hablar con usted unos segundos y no veo motivo para no complacerlo —dijo Vito Alessio.

Martínez, el oficial ex albañil, estaba sentado en un sillón de cuero; a su lado, un civil que llevaba un pendiente en la oreja y un bulto muy claro bajo la chaqueta negra, parecía tener el cuarto bajo su dominio.

—Manterola, recuerde, la decisión es suya. Si usted quiere ir adelante, yo cumplo mi promesa, así se acabe el mundo. No me hice director de un periódico para vender a mis reporteros.

—Se lo agradezco, señor.

Vito Alessio sonrió a Manterola y dejó el despacho cerrando suavemente la puerta tras él.

—¿No conoce usted a mi amigo *El Gitano*, verdad Manterola?

—No, mayor, aunque había oído hablar de él.

El Gitano saludó con un movimiento de cabeza. Manterola caminó hasta el escritorio del director y se sentó en la mesa del jefe. Sólo había papeles y una fotografía de los tres hermanos, el director de *El Demócrata*, su hermano, el secretario del presidente, y un tercero, militar, que había muerto misteriosamente en el interior de un automóvil acribillado por las balas.

—Bueno, mayor, déme las malas noticias.

—Quiero el documento y su silencio, periodista.

—¿En nombre de quién hace la petición, mayor?

—Del Gobierno de la República, señor periodista —y en su voz las palabras "Gobierno" y "República" evocaban días de sangre y gloria.

—¿Conoce el gobierno el contenido del Plan y las notas sobre las tarifas del coronel Gómez y sus amigos?

—Así es, señor. Una copia del Plan fue transmitida al Gobernador de Tamaulipas en Tampico por los angloholandeses de El Águila, ayer.

—¿O sea que el gobierno no quiere que se haga público que las compañías petroleras norteamericanas iban a financiar una revolución para secesionar la región petrolera de nuestro país?

—No, no quiere. Por lo menos no por ahora. Supongo entenderá usted por qué.

—Pues va jodido el gobierno; si el director de este diario cumple su palabra, mañana se publica el Plan.

—No lo creo, señor periodista.

—¿Van ustedes a matarme?

—Ni mucho menos. Podría decir que al margen de mis órdenes, hasta lo respetamos.

—¿Entonces, mayor?

—Voy a cambiarle el Plan por algo más valioso para usted. Hace dos horas agentes de la reservada detuvieron a un chino y a un español que habían atentado contra el coronel Gómez en el cuartel de Peredo.

—¿Lo mataron? —preguntó el periodista levantándose del asiento.

—No, y lo siento, hubiera sido muy conveniente para todos, pero Gómez salió con un brazo roto y algo magullado porque le dispararon cuando bajaba la escalera y rodó. Parece que perderá la visión del ojo izquierdo por una quemadura, según el último reporte que tengo.

—¿Y Tomás y Sebastián?

—Un poco golpeados, pero bien. Los agentes de la reservada los salvaron de la gendarmería, que iba a fusilarlos. . . Ahora los tengo yo, y se los cambio por el Plan y los documentos, Manterola. . . No me obligue a presionar más, pero si me apura le diré que tengo cercado un gara-

242

ge en la Candelaria y puedo entrar en él a sangre y fuego, a buscar a los asesinos del coronel Martínez Fierro.

—Sangre y fuego es lo que le van a dar aquellos dos a sus huestes como pretenda entrar.

—No lo dudo, pero si hace falta, pongo una ametralladora ante la puerta. ¿No se da cuenta, periodista? Esto son palabras mayores. Si quiero puedo disponer de dos regimientos de dragones de a caballo, del parque móvil, incluso de la artillería. Vamos ya, déjese de tonterías. El Plan y el silencio por la libertad y tranquilidad de todos sus amigos y la suya.

—¿Y Gómez?

—Se refiere usted al coronel Jesús Gómez Reyna, nuestro nuevo agregado militar en España, quien hoy en la noche saldrá de Veracruz en un barco, para que el agua del mar le ayude a convalecer.

—Me cago en la madre que los parió a todos —dijo el periodista—. Encima del tercer escritorio saliendo al pasillo, sobre mi mesa, hay un sobre de papel manila, con membrete de una compañía teatral. Ahí encontrará lo que estaba buscando, mayor.

—Muchas gracias. . . Supongo que estará garantizado su silencio.

—Algún día alguien contará todo esto.

—Espero que ni usted ni yo estemos vivos ese día, periodista.

Manterola ya no los vio salir del despacho, la mirada se había escondido en los papeles del director. Se sentía viejo y cansado. Le hubiera gustado tomar la última decisión con sus tres compañeros, en torno a una mesa de dominó. Le hubiera gustado ver en letras de molde, a ocho columnas, la historia de los coroneles Zevada, Martínez Fierro y Gómez en la segunda sección, ¿o sería en la primera plana? ¿Gómez? Sólo tenía de él un vago recuerdo, y la voz en el teléfono hablando de la honra. Era demasiado poco para odiar: hacía del odio algo excesivamente racional. ¿Cuántos como Gómez cambiaban la patria por un montón de billetes azules? ¿Cuántos como Gómez medraban con la Revolución, chapoteaban en la sangre y negociaban? Pero Gómez le pertenecía; a él y al poeta y a Verdugo y al chino, incluso un l en pedazo del coronel Gómez le pertenecia a San Vicente. *Ahora sí somos la sombra de una sombra*, se dijo con la mirada fija en la puerta cerrada.

57

LOS PERSONAJES JUEGAN DOMINÓ

En la cantina de la parte baja del hotel Majestic un reloj de cucú canta la una de la madrugada. Eustaquio, el barman, contempla confortado el mármol donde se juega dominó. Todo está en orden, piensa mientras va apagando las luces sobre las restantes mesas hasta dejar la central, solitaria bajo el foco, envuelta en la luz circular que omite la pantalla negra, irreal, fantasmagórica, en mitad del solitario salón. De la mesa se elevan los ruidos de las fichas de marfil al chocar con el mármol; por la calle resuena el motor de un automóvil y se mezcla con el relincho de un caballo y el chocar de sus cascos sobre el asfalto.

—Lástima que no le guste el dominó a su amigo San Vicente, ese hombre me simpatiza mucho —dice el licenciado Verdugo cuyas fichas están cubiertas por la sombra que produce la luz al golpear sobre el ala de su sombrero.

—Anda pol ahí, en las tinieblas, plepalando un peliódico. De cualquiel manela me encalgó· que les diela un ablazo a todos —dice Tomás Wong colocando el tres/dos—. Él no ve como yo las afinidades entle la analquía y el dominó.

—¿Y usted, poeta, ya leyo la carta de agradecimiento que nos envía el Presidente de la República? Está en mi chaqueta, allá en el perchero.

—Manterola, no me gusta ser prosaico, pero si no fuera manco, el señor Presidente de la República me la pelaba con las dos manos.

—Pinche país, señores —dice Manterola rascándose la cicatriz que sale de atrás de la oreja y coloca cautelosamente la mula de treses.

DESPUÉS DE LA NOVELA

A lo largo de la trama, los personajes de ficción se han ido reuniendo y mezclando con personajes y situaciones surgidas de la realidad. Para satisfacer algunas curiosidades del lector, quisiera añadir que:

Los cuatro personajes centrales pertenecen al mundo de la ficción, y una historia anterior de ellos la he narrado en *México, historia de un pueblo*, Tomo xx. El mural de Fermín Revueltas se terminó a tiempo a pesar de las agresiones estudiantiles y puede verse en nuestros días en los muros del edificio universitario de San Ildefonso.

Sebastián San Vicente fue deportado por segunda vez en 1923, tras su intervención en la heroica huelga de los tranviarios. Su breve biografía mexicana la recogí hace tiempo en un capítulo de *Memoria Roja* y de manera novelada en *De Paso*. Años después, parece ser que murió combatiendo en las filas libertarias contra el golpe fascista en España.

En 1926 *El Demócrata* murió acosado por las deudas tras haber sido vendido por su primitivo equipo gerencial. Un par de años antes había fenecido el diario del general Alvarado, *El Heraldo de México*. Con la muerte de los dos mejores periódicos que ha habido en este país, la nota roja decayó y sólo fue recuperada en 1930 por *La Prensa*, ya sin la gracia, el garbo y el brillo de sus predecesores. El cronista que ha sugerido el personaje de Pioquinto Manterola murió de tuberculosis un año antes que su diario.

La calle de Dolores se fue adaptando al paso del tiempo, y las triadas la abandonaron (o por lo menos uno eso

247

piensa) tras las intensas campañas de la revista *Sucesos* en la década de los años 30.

Los anarcosindicalistas del sur de la Ciudad de México ganaron esa huelga y muchas más hasta 1926 en que comenzaron a sufrir los efectos del cerco de la administración sonorense.

La rebelión de un militar bajo órdenes de los barones petroleros existió, fue protagonizada por el general Martínez Herrera un año después de cuando se ubica en la historia narrada por esta novela. Los barones no cesaron en sus presiones contra el gobierno mexicano, aunque en 1923, en las conferencias de Bucareli, se llegó a primeros acuerdos sobre el pago de los derechos de explotación y exportación, sin hacer retroactivo el Artículo 27. El desenlace de esta turbulenta relación es conocido por todos.

La publicidad de productos curativos, tan en boga después de la Revolución, fue sustituida a medida que las ciudades fueron poblándose de médicos. Para 1930, el volumen de anuncios "medicinales" en prensa había pasado de 110, en una sola edición diaria, a menos de cinco. El sistema de visitadores se había impuesto y la ofensiva publicitaria iba ahora dirigida contra los doctores.

La araña, *El Café París*, *El circo negro* y otros antros, cafés restaurantes de los que aquí se habló, desaparecieron sólo para ser substituidos por otros iguales o peores.

El hampa abandonó su marginalidad, coexistió con la ley, abandonó su exotismo y finalmente se institucionalizó como parte de la propia policía.

Las bandas militares dejaron de tocar gratis en los parques, la huelga de los inquilinos fue derrotada y no produjo una ley inquilinaria, la gendarmería desapareció para ser sustituida por el cuerpo de granaderos; ya no se fabrican Packards blindados, ya no hay bellos barcos de pasajeros en Veracruz y Tampico, el circo *Krone* no volvió a México desde 1928 y Tlalpan y San Ángel han sido tragados por la ciudad.

La Revolución se hizo poder y burguesía. Ya no hay carreras en el Hipódromo de la Condesa; ya ni siquiera hay Hipódromo de la Condesa, y las cosas han ido cambiando.

Sanborns, la American Foto, el Banco de Londres y México, siguen donde estaban. Vito Alessio Robles, De la Huerta y Obregón son hoy nombres de calles.

Ya nadie hipnotiza a nadie en una novela policíaca.

Afortunadamente, el dominó sigue siendo el gran deporte nacional, y milagrosamente aún no ha caído en las garras de Televisa.

PACO IGNACIO TAIBO II

México, D.F., 1982- Ahuatepec 1985

ÍNDICE

Impreso y hecho en México
Printed and made in Mexico

Impreso en los talleres de
Tipográfica Barsa, S.A.
Pino núm. 343, local 71-72
Col. Santa Maria la Ribera
México, D.F.

Esta reimpresión consta de 2,000 ejemplares

Noviembre de 1992